中真大

無駄花

講談社

無駄花

装丁　川名潤

一

「お前のような人間は死にやがれ」

それが政府の結論だった。当然だ。お陰で幾分かの自由を得た。未決の頃はろくに物を書くのにも制限があって気分は滅入る一方であったが今ではこの通り、伸び伸び手記をしたためるなんてこともできる身分だ。唯一つの気がかりは、いつ呼び出しに応じねばならぬかということで、その時が来れば俺は吊るされてしまう訳だ。よってこの手記もお終いまで書けるかどうか、俺の方では見当がつかない。この国では極刑を宣告してから何年も放ったらかしにしておいて、忘れた頃に扉を叩くというのが習わしになっているという。これを教えてくれたのは青木《あおき》君だが、俺が手記を書こうなんて気になったのも彼のためだ。とにかく俺にはこの手記の締め切りが何時《いつ》なのか全然わからない。大臣がどれほどの物か知らんが死刑を司る連中にも人情があって、そうは楽々と人間を冥府に送り込めない事情、というよりは、できる事なら己の手では送り込みたくないという心情があるらしい。そうは云《い》っても何時まででも刑の執行を延ばし延ばしにする訳にもいかないので、誰か、肝っ玉の太い、あるいは冷酷無比な大臣が新たに就任した折、飼い殺しの人非人《にんぴにん》どもをまとめて処刑してしまうらしいが、俺からすればまったくの気まぐれ、くじを引くような按配《あんばい》で、ある朝に突然、首つり台へ引きずられて行く羽目になるのだ。看守たちも刑の執行が何時になるかは知らないというから、こっそりそれとなく暗示してくれるというような親切も期待できない。じりじりと死の呼び出しを待つしかないのである。

この待つ、というのが曲者《くせもの》で恐怖のあまり発狂する者もいるらしい、と青木君は言っていたが真実その通りであった。今日の朝、近くの房から狂ったように経を唱える声が聞こえたが、定刻を過ぎると、おとなしくなった。しかし此奴《こいつ》はまだ正気なのだ。もう少し遠くの房から聞こえたのは断末魔のような叫び声で、看守が来ると今度は大泣きになった。それから一時間もすると、今度は訳の分からぬ歌を唄いはじめた。それはどうやら歓喜の歌らしい。メロディも音程も滅茶苦茶だったが、死の恐怖から解放されたという安堵感だけは伝わってきたから、きっとそうなのだと思う。彼が死刑囚になる以前からあんな風であったのか、ここへ来てからあんな風になったのか、それは知らないが、どちらにしても呼び出しの時間を前後に興奮したのだから絶叫も絶唱も恐怖心故のことだ。俺もあんな風になるのかと思うと、背筋が寒くなる。まさか刑が確定した直《す》ぐに執行はしないだろうと高を括っているから今はまだ余裕もあるが、それもこうして手記を執筆しているという状況に身を置いているから余裕があるのであって、未決の頃のように、書き物すら制限されれば忽《たちま》ちこの俺だって発狂しかねない。要するに何かに集中していなければ、それは発狂への最短距離を行くことになりそうである。

死刑囚の苦しみはこうして幾つかの段階に分かれている。どうやっても死刑は免れないと思いながら裁判に出なければならない、これも苦痛であり、さらに裁判中は顔も知らないマスコミ連中や野次馬《やじうま》たちが、整理券まで争って傍聴しやがるものだから、こんな奴らに生き恥を晒すのかと思うと憂鬱《ゆううつ》になる。死刑が確定したら今度は執行を待たなければならない。昨夜はもう生死を超越したような気になって、来るなら来いと準備万端の積もりでいたのが、夜が明けてみると生死を超越どころか藁をもすがる想いで生に執着している自分に気がつく、その時の苦しみは娑婆《しゃば》にいる人間の退屈凌ぎ半ばの自己嫌悪とは比べものにならないのではないかと思う。

未決の間に、死刑囚には死そのものだけでなく、そこに至る過程で色々な苦しみがたっぷり用意されているということを知れば知るほど、自分を正気に保つ方法を考えなければならないと危機感を抱くようになった。たとえば頭の中で思い出せる限りの歌謡曲を歌ってみる、というのを最初にやってみたがこれはいけない。何がいけないと言って、色々な音楽を思い出すうちに娑婆の空気や匂いまで思い出してしまって正気を保つどころではない。腕立てや屈伸運動のようなものも一時凌ぎにはなっても長続きしない為に役に立たなかった。結局何が一番良いかと言えば、こうして何かを書き綴《つづ》ることだと気がついたのは裁判も終わりの頃である。手紙をどしどし書いては返信も待たずに身内や友人知人に送りつけていたものだ。律儀に返信を呉《く》れたのは青木君唯の一人だったことは、我ながら少し驚いた。誰も彼も返信を寄越さないので、こちらでもムキになって書きまくったのだが、どうやらそれが手紙を受け取る側の俺への不信を招いてしまったらしい。有り体に言えば、娑婆の者どもには、すでに俺は狂人扱いされていたという事だろう。青木君とは事件の前はまるで面識がなかった。彼は出版社に勤めているらしく、俺の事件を知って興味を持ったのだと手紙が来た。書きまくって何とか精神の安定を図っていた俺は、この顔も知らぬ男への返信も喜んで書いた。こちらが返信を出せば向こうも直ぐに返してくれる。この頃は誰も彼もに無視されていただけに、俺の青木君への信頼や友情の念は増していくばかり、とうとう彼に励まされて手記を書く事を約束してしまったのだが、青木君の狙いは、はじめから俺に手記を書かせる事にあったのだ。死刑囚の手記を発刊すれば売り上げが見込めるのだと、手紙に率直に書かれていたのが、何となく嬉しかった。美辞麗句《びじれいく》で回りくどくやられては俺のほうでも手記なんて御免被るとなっていたかも知れないが、青木君はその辺、明け透けにモノを言うので何となく好感を持った。

俺にとっては発狂防止、青木君にとっては大儲けの大穴狙いの手記である。

若《も》しこの手記が世間に知られるのならば、できるだけ真実を語りたいが、死刑囚の俺にだって少しぐらいは羞恥心や虚栄心がある為に、どうも自分に都合の良くない場面は省いてしまったり、あるいは事実を捻じ曲げて、勝手に美談を拵《こしら》えてしまったりというような真似も仕出かしかねない。また死刑囚という立場上、とりあえず書いてみて後から直すというやり方も採れないので、計らずも事実と違った事を書いて、直さず仕舞いにしておくという事だって大《おお》いにありそうだ。また素人の書いたものだけに、時に支離滅裂《しりめつれつ》な展開にもなると思う。

俺はこの首が括られ吊るされてしまう前に、何とか手記を最後まで書きたい。そして、どうせ書くのなら、たとえ自分の恥を曝《さら》け出すことになっても真実を書きたい。最終的な構成というのか、若し本当に出版となればその辺りの事は青木君に一切を任せて、俺はできるだけ脇目も振らず書くつもりだ。

二

俺が島田《しまだ》のみならず一族郎党皆殺しを企んだのには勿論訳がある。ここでその訳をだらだらと書き述べたところで仕方がないので、事件に至った動機を、掻《か》い摘《つま》んで、はじめにざっくり書いておくことにしよう。その訳とはこうだ。あの野郎があんまり俺を馬鹿にするからだ。というと身も蓋もないな。けれども、要約すればそれだけの事なのである。

忍耐、俺には無縁だった。いや誤解してもらっては困るが、つまらぬ些事《さじ》に端を発して、怒りに任せて殺人に及んだ訳ではない。俺が云う忍耐というのは、誰かに罵《ののし》られたとか、顔面を一発殴られたとか、あるいは朝から何も食べていないとか、そんな類を耐える事を云うのではない。もう此奴は殺して善し、と百万遍《ひゃくまんべん》も決意して尚、我慢を重ねるだけの忍耐とは無縁だったと云うのである。それほど俺は島田恭司《きょうじ》に対して恨みを抱いていた。殺人という罪でもってしかこの恨みを晴らせなかったのは俺の落ち度であるが、他にどんな晴らし方があったというのだ。子供の頃には、誰か或いは世間に対して恨みごとを漏らせば、親には言下に将来見返してやれと言われた。勉強して偉くなって金持ちになって見返せという理屈はよく分かる。だがそんな途方もないやり方では到底復讐というには程遠く、恨みを晴らしたという実感もまた得難いだろう事ぐらいは子供でも分かる話だ。しかし世間の常識では、こんな、回りくどい生き方が賞賛されるのだ。成人に対しては仕事で見返せだのと言う。結局のところ恨みを忘れてしまえということに他ならない。

忘れられる恨みであれば俺だってさっさと忘れていた。恨みなど抱かず生きているほうがよっぽど楽だし憂《うれい》もないことは分かり切っている。ところが夜中に何度も刺されれば蚊にだって恨みを抱くのが人間ではないか。蚊がぶんぶん飛び回っているのに、それを忘れて寝ろと強いるのは非現実的、机上の空論なのだ。実際、俺の怒りが爆発したのも、この蚊が近くをぶんぶん飛び回っているような状況だったからだ。ひと刺しされたぐらいでは誰も爆発しやしない。何度も何度も刺して来るからこちらだって殺《や》ってやるとなる。俺の場合は相手が蚊でなく人間だったので不幸だった。蚊ならどれだけ虐殺したところで罪には問われないのにね。人間はたとえ一匹でも殺生は許されないんだな。とんだ偽善じゃないか。人命尊しだと、笑わせるなよ。

島田恭司が俺に対して何を為したか。さてそれについて精《くわ》しく書きはじめようと思って困った。というのも、どの地点から書けば良いものか。島田の事は小学生の頃から知っているが、そんな時分にまで遡って書くのは骨が折れるし、あまりこの手記が長ったらしくなると、中途で止《よ》さねばならぬ恐れもあるのでなるべく簡潔に書くことにしようか。

小学校の頃、島田と同じ組になったことは一度もない。ただ彼の父が、市内でも有力な実業家であり富豪であることは知っていた。子供の間では家柄というのが、よく噂に上るものだ。子供の想像力と語彙の乏しさが手伝って、島田の噂にも大きな尾ひれがついていたのだろうが、当時はその噂の大部分を真実と思って驚嘆したものだった。たとえば島田の家に遊びに行った者が、その敷地の広大さをはじめ、庶民の子には想像もつかない大邸宅について触れ回ったことがある。遊びに行くと門から家の玄関まで、自転車で走ってもなかなか辿り着けなかったと言っていた。

さて家に上れば、狭い廊下が長々と何処《どこ》までも伸びている。誰か知らぬがおばさんに案内され、廊下を通って行くと段々と廊下の幅が広くなり、広間のようなところの階段に行き着く。そこを上がってまたぐんぐん歩いて行くと島田の部屋があったそうだ。またその部屋の広いこと。教室を丸ごと一つ、島田一人に充てられているような具合だったという。そこで島田は悠々自適の暮らしぶりを見せつけた。島田はカードの蒐集《しゅうしゅう》に凝っていたらしく、キラキラと光る高価な逸品、日本中の子供が、文字通り喉から手が伸びるほどに欲したそれらが、重厚なファイルに何枚も収められている。そのカードのコレクションだけでも百万円程の価値があると言って大騒ぎだった。当時俺は、絶対に百万円ものカードを集めた筈《はず》がないと、この一点だけは信じなかったが、後日、再び島田家に行った友人が、島田所蔵のカードの目録めいたものを書き出してきたので、共にカード屋へ行ってコレクションの値を確かめたところが、百万には届かないまでも、八十万近い事が発覚したので恐れ入った。興味本位で俺も島田家に行きたいと思ったが、元より希望者が殺到していて直ぐには叶わなかった。そのうち馬鹿な庶民の倅のひとりが、高級な何かを、おそらく壺か何かを割った廉《かど》で、もう誰も家には入れるなという事になってしまったらしい。

小学校時代に聞いた島田の噂は山ほどあるが、低学年の頃には主に物欲を刺激されたことをよく憶えている。とにかく何でも島田の家にはあるらしいのだ。テレビのコマーシャルなどで新発売のゲーム機を見て、島田の家にはあるんだろうなと思う。我慢して旧型のゲーム機で遊んでいる間も、今頃島田は新しいので楽しんでいるのだろうなと思う。子供でも我が家の経済事情がどの程度のものであるかぐらいは察知できるものだから、あえて島田のことは話さなかった。話せば両親も、きっと悶々とするだろうと思ったのだ。

俺の家は、島田に比べれば見劣りするものの、酒屋と弁当屋を兼ねた商家で、貧乏ではなかった。借家や団地に住まう友人も居たので、自分では結構金持ちだと思っていたのだが、島田の噂で世間を知った。そんな怪物的富豪が居ると知れば、自分の家のことがちっぽけに見えたのも無理はない。俺は直接島田の豪奢な暮らしぶりを知らないから、余計に想像逞しくして、王子様のような生活を勝手に思い描いていた。次第に島田即ち富豪、という図式が学友たちの間でも定着し、遠足の弁当に焼肉が入っていたとか、なぜか島田はランドセルを色違いで三つ所有していて、学期ごとに使い分けているとか、そんなことも当たり前のようになって、格別珍しいことのように思わなくなり、さらに俺の場合は直接本人と交友が無いこともあって、いつしか島田家への憧憬の念も薄らいでいった。

島田は運動神経も抜群で、高学年にもなると、体育の時などはその俊敏な身体的動作で女子たちを魅了していたようである。勉学のほうも平均点以上だったらしく、文武両道の才は女子ばかりでなく男子にも人気が高かった。彼と友達付き合いをすれば、たまには彼の遊び飽きたお古のゲームソフトなども貰えるというような、そんな事もあって彼の人気は鰻《うなぎ》登りに上がっていった。高学年の最後の組替えの時、遂に島田と同じ組になれなかったので俺は残念でならなかったが、勿論そんな本音はおくびにも出さない。その頃、俺は不良を気取るようになって、ジーンズにスニーカー、真っ白の無地Tシャツというナリで気持ちだけは「スタンド・バイ・ミー」のリバー・フェニックスであったから、金持ちなんぞと付き合ってられるか、というような態度で、文武両道何でもそつなくこなす島田を敵視するような素《そ》振《ぶ》りまで見せていたものだ。ところが内心ではかなり島田を意識していた。

自分だって中流どころの育ちの癖に、金持ちを羨んだり蔑んだりというのは振り返ってみれば何とも馬鹿げていると思う。しかしそう思わせるだけの事情というのも又あったのである。

俺が高学年になる頃には実家の酒屋経営が傾き、もっぱら副業の弁当屋に力を入れるようになっていた。その弁当屋ですらギリギリ何とかやっているというような次第で、以前には週に一度の外食だったのが月に一度になり、とうとう外食するという習慣すら無くなった。それでも先進国の文化水準的には全然まともな暮らしをしていたのだろうが、子供の俺には一家の落魄《らくはく》が肌身に感じられるようで少し鬱屈《うっくつ》していたのである。俺には兄弟姉妹がいないので、少なくともその分だけは可なり贅沢していた筈だが、このままでは本格的に貧乏になるのではないかという恐れが俺を苛《さいな》んでいた。

我が家の酒屋は三代目にあたり、親父は大酒呑みだが仕事はきちんとするほうで、義理堅いところもあったから昔馴染《なじみ》の客は離れない。俺が小学校五年の頃はまだ何とか営業を続け、酒屋をまるっきり廃業するまでには至らなかったが、とうとう六年の夏休みに入って酒屋を畳むことに相成った。酒の在庫は処分して後は弁当屋に専念するということらしいが、見慣れた酒屋の姿が跡形も無くなって行くにつれて、俺のほうでは一家を案じる気持ちが益々膨れ上がっていく、と同時に、この頃にはもう教師の言うことなど勝手にしやがれと思っていたから、勉学になどちっとも関心がない。授業中はぼんやり落書きをしたり、教科書の間に隠して漫画を読んだり、そんな風だったので成績も悪化の一途を辿る。見かねた担任教師が母を校長室に呼びつけて、このままでは俺が本格的に不良になってしまう、矯正するなら今しかない、それには家庭での教育が何より肝腎であると諭した。

「あんたのおかげで店閉めなあかんかってんで、売り上げパアや、どうする気や」

「どうする気やって、何がや」

「まともに勉強もせんと、どうする気でいるんやって聞いてんねん。もうお母さん、先生に呼ばれても行けへんで、店もあるんやから。しょうもない話聞く暇ないで」

「じゃ、呼ばれても行かへんかったら、ええんちゃう」

「あんたがちゃんとしてたらええねん！」

「ちゃんとしてるわ」

「どこがや、宿題も全然してへんねやろ。もう嫌やで、あんなとこに呼び出されて、格好悪いし、時間がもったいないわ……」

一家の将来を案じていたのは何も俺ばかりでなかった。当たり前だ。商売が立ち行かなくなって真っ先に困るのは両親なのだ。そんな不安と貧乏暇なしの多忙が、生来温和な筈の母を険しく、付き合い難い人間に変えていった。その上、品行不良の俺が要らぬ心配をかけていたのだから、まったくとんでもない話だ。本当に一家を案じていたのであれば、勉学に励んで、少なくとも母に余計な心労をかけさせまいとするべきだったと今更悔やんでも仕方がないが、この事を考えると例の事件よりも遥かに俺の後悔の念を揺さぶる。

母は今の俺を何と思っているのだろうか。きっと陰ではしくしく泣いているのだろう。母がそうしてしくしく泣いているのを間近に見たことがある。

小学校卒業を目前に控えた冬だった。我が家の店先に、コンビニエンスストアが開店したのである。今でこそ百メートル間隔にコンビニがあって当たり前の世の中だが、当時我が家の近辺にはなかった。これが流行りに流行った。おまけにこのコンビニは手作りの弁当を売りにしていたから大変だった。忽ちのうちに我が家の弁当は見向きもされなくなった。具材を工夫したり、価格を見直したりしたのも焼け石に水で、売り上げは落ちる一方である。母は店先で弁当を売り、親父は仕出しを配達に回る。これでもそこそこ利潤があったらしい。その弁当屋に我が家の再興を賭けていただけに、青天の霹靂《へきれき》のようなコンビニ開店には母も親父も打ちのめされた。

再興を賭け四苦八苦しているうちは、多忙もあって母も親父も他事を考える暇がなかったのだろうが、夫婦仲も良かったものだ。二人の努力で弁当屋が漸《ようや》く軌道に乗った、その直後にコンビニ開店である。経営方針を巡って、のちには何でもない些細なことで父母が激しく言い争うようになったのも、この頃からである。

ある夜のことだ。食卓には母が刻んだキャベツが皿一盛りと、白米と味噌汁が並べられた。他にも豆腐と納豆があった。さて親父も揃って夕食の時間になったのだが、親父はやたらと機嫌が悪い様子でむっとしたまま口をきかない。母は黙って白米を食べていた。俺は何となくその日の空気が厭《いや》で食欲も湧かなかったから納豆をぐるぐる混ぜるばかりで、全然手をつけない。親父は白米を食べて、味噌汁を飲む。そこでキャベツを食べようと思って、親父はあることに気がついた。

「おい、ドレッシングは」

「あ、忘れてたわ」

母は立ち上がって冷蔵庫を開けると、中をごそごそ、

「あかん、無いわ」

「ソースは」

「あれ、おかしいな、醤油しかないわ。下から取って来るわ」

下から、というのは弁当屋のことだ。住居の一階部分を店舗にしていたから、そこから取って来ようと母は言うのである。

「あほ、商売もんとごっちゃにすんな。なんでソースも無いねん、あるやろ」

あほ呼ばわりされて機嫌を悪くした母は、これみよがしに冷蔵庫をバタンと閉めて、

「ここには無いで」

「……無いで？　……俺はうさぎか？　……こんなもん、ソースも無しに食うてられるか、ボケ！」

親父は言うなりキャベツを皿ごと壁に投げつけた。水を含んだキャベツの千切りは、壁にいったん付着すると、ずるずると床に向かって滑るように落ちていった。床には粉砕された皿の破片が散らばっている。母は黙って立ち上がると、箒と塵取りを取ってきて、親父がボロクソに言うのを聞き流しながら、見るも無残な姿となったキャベツと皿の破片を掃いて集めていた。

「飯の前に、冷蔵庫の中のもんぐらい確認しとけ、ボケ」

しくしく泣きながら後始末をしている母の姿ほど哀れなものは、それまで見たことがなかった。俺は憤然となって、

「コンビニ行って買うて来たろか」

「なんてや」

「ソースやろ。コンビニ行ったらあるで」

「お前それ嫌味で言うてんのか、え？」

母の哀れな姿を見て、親父に対してはっきり怒りを覚えたのも束の間のことだった。親父が凄んだはずのセリフの語尾の、え、があまりにも弱々しく響いたのを聞いて、情けないやら悲しいやらで涙が出てしまったのである。親父のほうでは自分の凄みで倅が泣きを入れたと思ったらしい。アホらしいとか何とか言い捨てて家を出て行った。こんな一家の不和も経済の不安定が招いたものだった。

まだ小学生の俺には、なぜ一家がこうも急速に零落《れいらく》するのか謎であったが、どうやら酒屋経営の時代から既にその兆しはあったようである。問屋からは掛けで仕入れて支払いを繰り越し、その間に客から集金して凌ぐという自転車操業だったのが、好景気ならいざ知らず、景気が落ちるとすぐに歪《ひず》みが出て無理をした。時代は大型スーパーの全盛で、誰もわざわざ酒屋から酒を買うなんて面倒なことはしない。そこで親父は心機一転、酒屋を畳んで巻き返

しを図ったのが弁当屋であるが、その弁当屋すらも時代の波に押し流されて、親父の商売の勘も自信も、何処かに流されてしまった。

大酒飲みの親父は自信喪失の穴埋めに今まで以上に酒を頼りにした。それがまたいけなかったのだと思う。運に見放され、商売の勘を失った商人ほど役に立たぬものはない。なぜ俺が一家の内情をここで暴露するのかと言えば、島田と俺の因縁はまさにここから始まっているからである。

我が家の弁当屋に宣戦布告するかの如くに開店したコンビニエンスストアの出資者および経営者が島田家の関係だった。そんなことは無論後で知ったが、驚いたか。掘り起こせばこんなところで、すでに事件の種子は蒔かれていたのだ。

自由競争と言えば聞こえは良いが、現実は競争などという遊戯めいたものではない。米櫃《こめびつ》の奪い合い、それが真実である。そしてもっと正しく言えば競争ではなく戦争だ。戦争では資本力が物を言う。大資本を背景にした侵略には抗す術がない。いやそれは違う、と、中学に上がってから社会科の教師に言われたことがあるが、俺にはてんでバカらしい言い分に聞こえた。大資本に抗すのは閃き、発明、アイデアだというのである。新しい発想は金では買えない。だからこそ誰にでもチャンスがある、それが資本主義の恩恵だというのである。言われてみれば一理ありそうなこの主張、俺がバカらしいというのは、その閃きを具現化するには何が必要か分かっていないからだ。金だ。あるいは金を集めるだけの信用だが、それは何かと言えば抵当に入れられる不動産だの、その閃きに関しての実地経験だのと言ったもので、誰も想像もしなかったアイデアの実地経験など一介の弁当屋にあるはずがないし、そもそも閃きなど一生かかっても得られないかも知れない。よしんば弁当屋の主人が、恵比寿さんのご利益か何かで閃きを得たとして、誰がそれを支援してくれるのか。資本家に他ならないのだ。結局のところ閃いたところで資本家に与《くみ》するより仕様がないということになる。

そして、その通りになった。

三

中学に上がった俺がまず驚いたのは、島田と同じ組になったことである。小学校の六年間、とうとう同じ組にならず仕舞いだった島田が今目と鼻の先にいた。富豪、富豪とその噂ばかりが先行していたが、要するに市内随一の富豪といった程度のものだったらしい。勿論、今や落魄した我が家とは比べものにならないほど豊かな暮らしをしていることは、島田の何の憂いも無さそうな潑剌《はつらつ》とした様子を見ているだけでも容易に想像はついたが、それでも大富豪のイメージだけが先走っていたので意外にも島田に、賞味期限切れのパンでも勿体ないから食べるというような庶民感覚があると知って、それが却って俺には好印象だったのをよく覚えている。島田は先にも書いたように文武両道、成績は良かったから、彼自身が望めば公立でなく私立の中学にでも行けただろう。富豪一族としてもそのほうが相応《ふさわ》しく思えるが、どうやら島田の両親には教育に対する熱意が全然無かったようだ。どうでもいいが。

俺のほうは授業をさぼる、宿題をしない、そんな事はもう当たり前になって、街で出喰わした他校生と殴り合いの喧嘩をしたりと、家庭の歪みがそのまま俺自身の行動を通じて露骨に顕《あらわ》れはじめていた。というと何だか俺自身には自覚が無かったようだが、そんなことはない。はっきり自覚をもって問題行動を起こしていたのだから情けない。ただ、喧嘩をしたり騒ぎを起こすことが何よりの憂さ晴らしになっていた。悪友も二人、三人と出来てくるに従って、見境なしの悪行にも拍車がかかった。少し弱そうな上級生をゲームセンターで見つけ出してはトイレに引っ張り込んで暴行したり、理由もなく深夜街をうろついて警察をおちょくったりしていたのである。

白状すれば、俺は喧嘩は大の苦手であった。殴り合いの喧嘩をしたと言えば勇ましいが、実際のところは、喧嘩相手と胸ぐらを摑み合って地面の上を転がる程度のものだった。それでも隙を見て二、三発は殴ることは殴るので、もちろん殴られもするし、また彼奴《あいつ》は何校の誰と何処そこで殴り合いの喧嘩をしたというような噂が広まる。それに乗じて悪友たちはことさら大袈裟に俺の武勇を語るものだから俺のほうでもそういうことにしておいた。大体は喧嘩といっても睨み合ったり、後日決闘だと息巻いたりで、その決闘にしたところが結局うやむやになるのが殆どだった。

次第に悪友の頭数も揃い、その中の一人にいつしか島田恭司が混ざっていた。島田と二人きりで会うことは無かったが、それでも悪さを共にする仲間意識があって、島田という人間の深いところまでは知らぬし付き合いも浅いけれど、連れ立って歩くようになった。

島田は変り種だった。何より家が富裕で、他の悪友たちと違い、てんからの薄馬鹿でないから勉強もやれば幾らでもできる。運動神経も良いからいざという時には頼りにもなるだろう。が、なぜ島田のような男が、俺や悪友たちのような不良と連《つる》むようになったのかは皆目わからなかったが、これにも相当な理由があったのである。傍目《はため》にはどれだけ立派に見えても、島田は性根が腐っていたから、真面目な学徒たちからはとうに見放されていたのだ。

さて我が家のほうはというと、これが大変な有り様となっていた。コンビニの出現によって弁当屋は赤字続き、さりとて店を畳んでも他にアテがない。仕出しのほうで何とかやり繰りしていたものの、このままでは負債が雪達磨式に膨れ上がって商売どころの話ではなくなる。親父は昼の仕出しが済めばもう酒を飲んでいるというような体たらくで、母はひとり方々を走り回っていた。その方々というのが具体的に何処で何をしているのか、俺はよく知らなかった。出かける時には綺麗な身なりをしてパートの面接にでも行くような調子だった。何処に行くとも何をするとも言わないで出て行ってしまうのだが、それをなぜ親父が其《そ》の儘にしておくのか俺には奇怪千万であった。俺は人目も憚らず不倫をしていると思っていたが、どうやら母は夜の店に出ていたようである。母はまだ三十代後半だったから、化粧をして身なりさえ取り繕えば結構色っぽかったのだと思う。

こうまで落ちぶれても尚、父母ともに両親つまり俺の祖父母たちや親戚筋に頼らなかったのは、既に縁を切っていたからだ。どんな事情があったのかは遂に話して呉れなかったが、俺が物心つく頃にはもう親族の誰とも疎遠になって付き合いをしていなかった。多分、何かで言い争いになって売り言葉に買い言葉、親父も母も頑固で言い出したら埒《らち》が明かないところがあるから、聞けば何だそんな事かというような事でとうとう袂《たもと》を分かったのだろう。その辺りの事情は知らない。

学校では、何か俺が問題を起こしたとき、幾ら親を呼び出しても一向出て来ないというので、そのうち俺だけが治外法権のような扱いになってしまった。未成年者喫煙の廉で俺を含め四、五人の塊で生徒指導の教師に挙げられた時にも、俺だけは真っ先に解放されてしまった。島田は憚《はばか》りで糞をしていたから無事だったらしく教室に戻ると呑気に机に頰づえをついて、大きな欠伸《あくび》をしている最中だった。

「何処に居たんや」

「なんか腹の具合が悪いねん」

「みんなやられてもうたで」

「やられたって何を」

「たばこ見つかった」

「いつ」

「ついさっきや」

「お前はどこにいたん」

「一緒やった。一緒に見つかった」

「なんでお前だけ戻ってこれんの」

「知らんわ、教室戻っとけ言うから、戻って来たんや。どうせまた呼び出されるんやろ」

しかし遂に呼び出されることはなかった。悪友たちは吸った吸ってないの押し問答で一日中狭苦しい進路相談室に押し込められている様子だ。何時になっても出て来ない。授業がすべて済んで帰りの段になってもまだ出て来ないので、島田を連れて職員室に行ってみると、全員親の来るのを待っているのだそうだ。

「俺は帰ってええんか」

と担任に問うと、如何にも面倒くさそうな顔をしてこう言った。

「おう、早《はよ》帰れ。お前はまた別の日や」

別の日など無いことはお互い暗黙のうちに了解済みなのである。

「帰ってもええけど、俺だけ帰ったらチクったように思われへんか、それが心配や」

「もっと心配すること他に仰山あるやろ」

「そやけど俺には死活問題やで」

「何が死活問題や、ええから早帰れ」

密告者扱いされては堪らないので、島田にこのやり取りの証人になって貰うということで落ち着き漸く職員室を後にした。

この日はじめて俺と島田は二人きりで下校したのだが、話せば存外、俺や悪友と変わらぬ相当な馬鹿であることが分かってきた。というのも島田のもっぱらの関心事は猥談《わいだん》で、呆れるほど執拗に飽きもせず猥褻《わいせつ》なことを話し続けるのである。

家に帰ったところで面白いことなど一つもないから、その日は島田と街をぶらぶらして過ごすことになった。そうして話していると段々明らかになってきたのは、甘やかされて何でも欲しいものは買い与えられているのは結構なご身分だが、猥褻本やその手の類のビデオを独自で入手する度胸は無いのである。俺は先輩から一本五千円で所謂《いわゆる》裏ビデオを買えるルートを持っていた。市販のビデオをダビングしたものは二千円だった。悪友たちで小遣いを出し合っては、その頃人気の女優が出演した新作が出る度に買っていたものだ。新作の場合は、ジャンケンで順番を決めて、それを二泊三日という取り決めで回覧板のようにしていたのであるが、なぜか島田はこの回覧板の仲間に加わっていなかった。聞けば島田の自室はいつ家政婦が侵入するか分からない為に、迂闊《うかつ》な事が出来ないのだという。家には一度も行ったことはないが、教室一つ分ぐらいの広さもある自室がありながら、なぜビデオテープ一本隠す場所もないのかと訝ると、やはりその家政婦が何でも綺麗に整理整頓してしまう為に、どこに隠しておいても安心できないのだそうだ。

「あほやな、そんなもん見つけたかって家政婦が親にいちいちチクるかいな」

「チクられへんでも見られるんが嫌や」

「そやけどパッと見、ただのテープやんけ」

「うちにはあんまりビデオテープって無いし、あっても箱に入ってる奴ばっかりやから。買うたやつ」

「録画したやつぐらいあるやろ。それに混ぜとけよ、分からへんて」

「それがあかんねん」

「なんで」

「録画は家政婦の担当やねん。細かい字で放送日からいちいち書いてるからなぁ」

「お前の部屋で録画したやつもか」

「そやからあかんて言うてんねんやんけ」

回覧板のあとは入札で、そのビデオの所有者が決まるという仕組みにしていた。そういう訳で各自何本かは旧作を所有している。家では見られないからその旧作を是非見せてくれと島田は云うのである。面白がってというよりは、かなり差し迫ったものがあった。あんまり鼻息荒くして懇願するので、街をぶらつき回ったあとで仕方がないから家に上げて所蔵のビデオを見せてやることにした。

　俺がこの話を書くのも、何も島田を辱めようと思って書くのではない。十三才といえば裏ビデオ見たさに形振《なり》り構わず懇願して回るぐらいのことは平気でしても特別おかしな事ではない。第一、そんな猥褻物を所有していたのはこの俺のほうなのだ。

　俺は気を使って島田を部屋にひとり置いて外でタバコを吸っていた。どれぐらい置いておけば良いのか困っていた。何か自分がポン引きにでもなったような背徳感があったことをよく憶えている。

　事が済むと島田は上機嫌だった。この礼は必ずすると云って聞かなかった。こんな事で礼をされても一向嬉しくないとは思いながら、島田が富豪一族であることを鑑みれば、恩を売っておいて損はない相手だ。島田は漫画本なら幾らでもあるというので、何冊か新刊を貸してもらうことにした。以来島田と俺はこういう関係でもって親しくなっていったのである。

　俺はまだ島田恭司という人間を知らなかった。全然知らなかった。

四

中学一年の終わり頃、我々不良仲間に問題が持ち上がる。他校の先輩から呼び出しを食らったのである。不良の世界に疎い者には、この呼び出しというのがどれだけ憂鬱なものか分からないかも知れない。行けば殴られ、行かなければ臆病者と言われ笑いものにされてしまう。そんな不良連中に笑いものにされたところで何が困るというのだ、莫迦《ばか》らしい、という意見は尤《もっと》もだ。品行方正な生徒たちが、陰では不良のことを蔑み笑っている事ぐらいは当時から知っていた。どうせはじめから笑いものにされているのだから、この上笑われたところで何を失うのかと思うかもしれない。どっこい失うものは大きいのである。何を失うのかといえば不良仲間からの尊敬、要するに友情を失くしてしまう。これまで苦心して築いたステイタスをすべて放棄する事になる。そうなると、もう、滅多なことでは取り返しがつかない。また実のところ、これこそ真の問題なのだが、臆病者は女にモテない。はじめから真面目に勉学若しくはスポーツに身を捧げているならまだしも、そんな取り柄が一つも無いからわざわざ生傷を作ってでも勇肌《いさみはだ》を唯一つの誇りにしていたのに、翻って敵前逃亡したとなれば誰からも見向きもされなくなる。この時分は不良好きの女のほうが化粧をしてみたり大人ぶった服装をしたりで、真面目な女よりも断然艶かしい。こういう女連中に見捨てられるぐらいなら、殴られて前歯でも折ったほうがまだマシだというものだった。或いは逆に相手の前歯をへし折って、少年院にでもブチ込まれたほうが余程体裁が良い。そういう訳だから他校の先輩からの呼び出しには是が非でも出頭しなければならない。隠しだてしたところで直ぐにこんな事は知れ渡るものだし、呼び出しを無視すればその翌日には学校の門前で待ち構えているような奴らが相手なのだ。出頭か然《しか》らずんば死か、とでもいうような切羽詰まった想いだった。

「一層のこと、やり返したろか」

「どうやって」

「全員で武装して行ったらええねん。幾ら先輩いうても中坊は中坊やで。誰かひとり頭カチ割りでもされたら勝負はつくと思うんやけどな」

悪友の中でも過激派の野口《のぐち》はこんなことを言い出す始末だった。結局どうしたものかと皆、呆然とするばかりで時間は迫る。野口にしても、たった独りきりで特攻する気は無いのである。また呼び出しの原因が不明というのも我々にとっては末恐ろしい。とうとう夜になって呼び出しの時間が来た。もう諦めて皆で揃って出頭する事になったのだが、その中には島田の顔もあった。

呼び出されたのは他校の校庭であった。行けば既に獅子《しし》のような頭をした輩が原付バイクを二人乗りして、そこら中を走り回っているし、それを見守るギャラリーたちも揃いも揃って全員獅子頭の輩どもであった。こんな処に武装して特攻すれば本当に死亡者が出ると思ったが、大人しくしていたところで我々のうち誰かひとりはドツキ回されて死ぬかも知れない。神妙にしたとて助かる保証はどこにもない。失明、失聴、頭蓋骨陥没、半身不随、後遺症、そんな不吉な単語が頭を過《よぎ》るどころか、とぐろを巻くようにして緊張する俺を蝕んでいた。手はサラサラするようでいて汗が滲んできて気色悪い。我々悪友仲間は皆、一応平然として構えてはいるが、まったくその面と来たら、全員、血色を失っていて既に亡骸のようになっていた。

待っていると、何が面白いのか爆笑しながら木刀を持った獅子頭の輩が原付バイクを降りてこちらに向かってきた。俺の背筋は何かツーンとしたものがあって、冷たい雫が一筋流れ落ちるのが分かった。

「お前らか、遅いんじゃ、並べ！」

もう並んでいるのに、並び方が悪いのかなと思って我々一同互いに見やってもじもじしていると、並べ云うてるやろコラと一番端に居た野口が腹をもろに蹴られた。不意に鳩尾《みぞおち》を蹴られて、倒れはしないまでも腹を抱え呻いているその姿は、武装特攻の発案者とは到底思えぬほど貧弱な姿であった。

我々は並ぶというよりは、背筋を伸ばしてシャンとすることにした。獅子頭の輩はそれでどうやら満足した様子で、本題に入った。

「お前ら最近、何盗んだ。え、言うてみ」

「盗み、ですか。何やろ……」

盗みと言われて心当たりは幾らでもある。木刀を持った獅子頭の輩の背後から、痘痕《あばた》顔の恐ろしく冷酷そうな奴が来て、

「怖がらんと言うてみぃや」

と我々を慰めるように言った。本人はあれで優しく言っている積もりなのだろうが、全然優しさのこもらない声色だった。

「あの……あれですか……タバコですか」

悪友仲間のひとり、江崎《えざき》がそう答えて、俺は心の底から黙れ阿呆めがと思った。こんな調子で答えていれば向こうは因縁の付け放題だ。本来ならば咎められない事まで恐喝のネタにされてしまう。俺は阿呆の道連れにされるのかと悲しかった。

「タバコ？　……お前らどこでそんなもん盗んでるんじゃコラ。まぁええわ、そんな事よりもっとえらいもんパクったやろ」

重ねて痘痕顔が言った。

「えらいことしたなぁお前ら、はよ言うてしもたほうが後が楽やで」

このまま放っておいては大変だと思った俺は率先して答弁役を引き受けることにした。

「すいません、俺ら自分らの学校ん中では毎日誰かのパン代やら学校の備品やら盗んでます。そやけど外では滅多に盗みはしませんから、さっきのタバコぐらいしかよう覚えてませんねんけど……」

こんなに流暢《りゅうちょう》には言えなかったが、まぁ大体こんな風なことを言ってみた。途端に、ガーンと頬を殴られた。

「覚えてませんやとコラ。ボケ！　誰が覚えてること言え言うてるんじゃ！　覚えてへんことでも思い出して言え言うてるんじゃ！　舐めてたらどえらい目に遭わしたんぞコラ！」

また痘痕顔が重ねて言った。

「ええ加減に白状せぇよ。自分から言うたほうが罪は軽なるんやで……なぁ恭司！　お前、コイツらが犯人や言うてたもんな？」

信じられないことに島田は、輩どもと内通していたのである。

「恭司、お前はこっちにおれ」

そう言われて島田は向こう側の一員になってしまった。この裏切り者めがとは思ったが今は島田に対してどうのこうのと思いを巡らしている時ではないと考え直した。

散々絞られて結局その日は我々一同、何発かずつ顔面を殴られて事なきを得た。顔面を殴られて事なきを得たとは変だが、そんな程度で済んだのだから正直言って御の字であった。

向こうでも手加減していたらしく、殴られた瞬間の凄まじさに比すれば大した怪我にはならなかった。日頃から人間を痛めつけるのに慣れているだけあってさすが暴力の要諦を心得ているんだなと妙に感心したものである。

件《くだん》の盗みというのは、いつしかゲームセンターで女物の財布を拾ったことであった。それがあの獅子頭の輩どもの、誰かの妹だか従姉妹だかの財布だったらしい。拾った我々は一も二もなくネコババしたので怒られても仕方はないかも知れないが、腹の底ではお前らだって財布を拾えば我が物にしていた癖にと説教を聞きながら何度も何度も何度も思ったものだった。それにその妹だか従姉妹だかは拾われたというよりは置いてあったものを盗まれたと訴え出たのだから腹が立つ。置き引きとなれば明らかな窃盗であるし鉄拳制裁も止むなしかも知れぬが、俺も悪友たちもその時こそは本当に拾った拾ったと喜んでいたのである。財布の持ち主があんな連中の身内だと分かっていれば、さっさと届けていたというのだ。我々にとってはとんだ災難であった。窃盗と横領では罪の重さも違う筈だが、あんな野蛮な連中にそんなことを弁明したとて四発殴られるところがせいぜい三発になるどころか、悪くすれば反省していないという事になって十発も二十発も食らう羽目になりかねないから、暴君相手には口は閉じておくに限る。解放となった我々は、ひどい週末になった、こんな顔では土日もろくに出歩けないと、しょんぼり帰路についた。

ところで前代未聞の裏切り行為をしでかした島田であるが、翌週の月曜日、すました顔で学校に出て来たそのクソ度胸というか無神経さには誰もが恐れ入った。こっちはまだ傷も完全に癒えていないというのに、両親や教師に見咎められる度に苦しい言い訳をしているというのに、しらこい顔してのこのこ出てくるとは一体どういう料簡《りょうけん》だ。呆れてモノも言えないとは普段言われる側だったが、この時ばかりは心底そう思ったものである。

昼飯の時間になってはじめて島田が俺の処まで来た。皆、誤解していると思うから、はっきり弁解する機会が欲しいというのだ。そう云う島田はいかにも困り果てた顔を見せ、まるで自分の密告は凄惨なリンチの末の事だったのだから大目に見れくれと云わんばかりである。皆で集まって島田の弁論を聞くことになった。そして実際そんな風なことを云い出した。要するに不可抗力であったと。

「じゃあなんで行く前に言わんかった。お前は知ってたんやろが、財布のこと」

激しく貧乏揺すりしながら野口が言った。

「言うたら酷い目に遭わすって、浜岡《はまおか》くんに言われたから、なかなか言い辛《づろ》うて」

「そうか、ほしたら今お前のことを半殺しにしたら、浜岡くんは何て言うやろうな」

「そんなこと言わんといてや」

「それはこっちのセリフじゃ」

「しばくんか、俺のこと」

「アホ抜かせ、んなことしてまた浜岡くんに出張って貰《もろ》うたら悪いやろ」

「こんだけ謝ってんねんで……」

島田は、自分が謝っているのに一向に誰の態度も軟化しないので、段々頭に来ている様子であった。そういうところがいかにも金持ちの倅らしくて益々我々の気に入らない。これだけ謝っているのに、というその論法からしてふざけているようにしか思われない。もう埒が明かぬと野口はさっさとその場から離れて行って、残された俺と悪友仲間たちも、島田相手に時間を費やすのが馬鹿らしくなってきて島田の弁論大会はお開きにした。

島田が友情を踏みにじる人間であることはこの一件で十分に分かった筈なのだが、どういう訳か俺はこの島田と数ヵ月の断絶の後、再び又付き合いをはじめてしまうのである。

俺ばかりでない。悪友仲間全体で島田の裏切り行為を事実上許してしまったのだ。それは島田の涙ぐましい努力の成果というべきものだったが、今振り返ってみれば、いくら島田が友情回復のため尽力しようとそんな事には構わず、永久に追放して然るべきだった。裏切り者に甘い顔をするから、結局は文字通りに自分の首を絞める羽目になるのだとは、十三才の俺には想像もできなかった。密告の一件は天上からの警告だったに違いないとさえ、今では思えてならないのである。

五

島田の涙ぐましい努力、それは中学二年に進級した夏頃まで続いた。もう悪友とは縁を切ってこの際、真面目な学徒たちと交われば良いものを（と言って既に相手にされなかったのだろうが）島田は我々の徒党に復帰すべく様々な手段を飽きもせずに講じていた。それもまた金に糸目をつけずというような身も蓋もないやり方ではじめは臨んできたものだ。そのうち我々のほうでも良い金づるではないかとなって、何となく付き合いを再開したのであるが、それを契機に島田は金銭面以外にも失った信用を回復すべく尽力した。今思えばこの時ほど島田が人間らしく行動したのは、後にも先にも無かった。

誰かの誕生日となれば贈り物を用意して、中学二年の分際で焼肉を奢ってやったり、しかしまぁこの辺の発想はまだ自分の失態にホースで金を撒いて流してしまおうという安易なものだ。

我々の心を打ったのは、そんなことよりもある事件があってその犯人である野口の身代わりとして、自ら虚偽の自白に及んだことである。事件といってそう大したものではない。全学年集会の折に、生徒指導の教師の後頭部目がけて生卵を投げつけた程度の他愛もないものだった。

他愛ないとは言え普段威厳に満ちた生徒指導が、訳も分からずに後頭部を真っ黄色に染めていたのは何とも滑稽で、全学年中から指をさされて笑われたものだからその激昂ぶりは相当凄まじいものがあった。犯人は先にも書いたように野口であった。彼は結構遠くのほうから投げたので、まさか後頭部にまともにヒットするとは思ってもみなかったのだろう。怒り狂う生徒指導を見て、少し顔が青ざめていた。直撃の瞬間は、生徒だけでなく周囲の教師までが思わず失笑したので、生徒指導の教師は気も狂わんばかりであった。

「先生、先に洗ってきたほうが……」

という他の教師の言にも耳を貸さず、生徒指導は犯人は今すぐ名乗り出ろと全学年を前にして怒鳴りまくっている。そのうち収まるだろうと思っていたら一時間でも二時間でも、犯人が名乗り出るまでは頑として集会は終わらさない積もりのようである。他の教師たちも思わず失笑してしまった後ろ暗さも手伝ってか、なかなかこの犯人探しを切り上げる気配がない。生徒の中には、生卵を投げる野口を目撃した者も結構居た筈だし、上級生の女子など別段密告に対する報復を畏れる必要もないのだからさっさと野口を指せば良いのにと思ったが、誰もが沈黙したまま微動だにしなかったのは普段大威張りしている教師の権威が傷つけられたのが余程痛快だったのだろう。

腹は減るし足は痺れる。上級生の不良はさっさと集会を後にした。こういう場合、一つ学年が下の我々は、上級生と同等に振る舞うことは許されていなかったので、少なくとも彼らの後を追って集会を放棄するには十五分は間隔を空けるのが礼儀であるから俺も悪友仲間も黙って座ったままだった。

と、そんな中、矢庭に名乗り出たのが島田だった。

「もうええ俺が投げたんや！　俺や！　文句あんのか！」

この瞬間の島田は、何か非常に英雄的な印象を我々に与えた。その頃、深夜のケーブルテレビで「スパルタカス」という映画を観た事があって、これは奴隷軍が反乱を起こす物語だったが、その奴隷軍が敗北した折に、リーダーを突き出さねば全員処刑するとローマ軍に宣告される場面があった。その時奴隷軍のひとりがだしぬけに立ち上がると、

「俺がスパルタカスだ」

とリーダーを庇って名乗り出る。そうかお前がスパルタカスかとローマ軍の将校が見ていると、さらに隣の奴隷も立ち上がり、

「俺がスパルタカスだ」

と名乗り出る。そうして次から次に名乗り出て結局奴隷軍総出で、

「俺がスパルタカスだ！」

そんな場面を即座に思い出した俺は、島田ひとりに良い格好されるのも詰まらないという

想いもあって、

「それは違う！　投げたんは俺や！」

と立ち上がった。

「俺が投げたんや！」

「いや違う俺が！」

「俺が！」

「私こそ！」

と後に続く者があっても良さそうなものなのに、結局島田と俺の二人で共同正犯となって連行されてしまったのは残念でならなかった。あの沈黙の連帯は何だったのだ。

とにかくそうして俺は自ら墓穴を掘ったような按配で、英雄どころか唯《ただ》ええ格好したいだけの目立ちたがりのようになってしまって恥ずかしくて堪らないし、こんな事なら黙っておれば良かったと後悔先に立たずである。

島田の信用面における大負債は、この一件ですべて返済とまではいかなかったものの、後を追ってしくじった俺が計らずも引き立て役にもなって、にわか英雄島田の名誉はまずまずのところまで回復した。そういう訳で我々は島田との付き合いを様子を見ながら、つまり金づるではなく真実友人として再開することになり、あの滅多に人を許さない慈悲というものを知らぬ野口までもが島田の行動には感銘を受けていたので、様子を見る、も何もなかった。忽ちのうちに元どおり、いやそれ以上に我々の友情は厚くなったのである。

こうして名誉挽回の機会を逃さなかった島田であるが、再びその名誉を失墜させるまでにはそれほど年月は必要としなかった。結局、人間の芯というのは容易に変わらぬものなのだ。あの英雄的行動にしたところが、煎じ詰めれば己の名誉を回復させたいばかりの苦肉の策であって、特別褒められたものではないだろう。ただその機会を察知してすぐに行動したところだけは評価できる。たとえ自分の為になると分かっていても、機会を逃さず行動できる人間は滅多にいない。その点島田は抜け目がなかった。ただその名誉を維持する力には不足した。結局彼奴は何もかも己の欲得ずくで行うものだから、そのうちに島田の行動原理には何か怪しいものがあると周囲に感じさせてしまうのである。

島田の再びの名誉失墜については、のちほど詳しく書く。

中学三年になっても我が家の悲惨な状況は相変わらずであったが母の夜の勤めによって経済的には安定していた。この時期、経済が安定するに従って親父のほうも段々と冷静になってきて商売人の勘を取り戻しつつあったようだ。このまま何時までも母に生計を頼ってばかりいたのでは男として恥だ、と思ったかどうかは知らぬが、酒の量も段々減ってきたし、仕出しを細々とやりながらも何か新しい商売に乗り出すというような前向きな気持ちにもなっていたらしい。

「俺は給料袋なんか見たこともない」

それが親父の口癖だった。商売人として今までやってきたのだ、他人に顎で使われるのは自分の性に合わない、そういう商売人根性的なプライドがあったのだと思う。酒に溺れて自堕落な暮らしをしていた時にはこうした商売人根性丸出しのセリフも全然聞こえなくなっていたので、久方ぶりにこういうことを言い出した時には母も俺もまた始まったと呆れている風ではあっても、内心では漸く冷静になってきたかと喜んでいた。

他人に使われたことがないのは立派か知らぬが現状ではヒモじゃないかと俺はつくづく思っていたし、それがまた自分の親父だけに骨身に沁みて情けなかったので、その親父が再興にいよいよ本腰を入れるのかと密かな期待も高まるばかりだった。母もまた自分の苦労が報われそうな気配を感じ取ったのだろう、見た目の疲労感は増すばかりであっても生来の優しい母に戻りつつあった。口を開けば罵り合うというような、両親の不仲もやがては氷解するだろう。そう考えては俺は心の底から幸福を感じていたのである。無論、そんなものは砂上の楼閣に過ぎぬ絵空事であったのだが……。

六

ここまで書いて、何だか自分のことを立派に描きすぎているような気がして困っている。立派というと表現が違うかも知らんが、俺という人間の腐った部分をもっと暴露すべきではないかと思えてならない。そうでなければ一方的に島田恭司をこき下ろすだけで、公平性に欠けるだろう。公平性に欠けるが為に、この手記の信憑性《しんぴょうせい》まで疑われては誠に心外だ。

今はそんな気持ちなので、ここで中学時代の自分を振り返って、それを思い出しただけで赤面したり、我が事ながら情けないと思うような事を取り上げてみる。死刑囚が何を云うのだ、お前が腐っていることなど今さら、わざわざ暴露して貰わなくたって、十分知っているのだよ。まぁそう言わずに……。

思い出す度に反省している事で、真っ先に思い浮かぶのは、ある商店から、タバコのカートンを窃取した件だ。タバコなど吸わなくても人間生きて行けるのだから、この窃盗はまったく自分本位で弁解の余地なしだと思う。こんなことを書けば俺の人格はやはり捻じ曲がっていると判断されるだろうがここはあえて正直に書こう。

俺自身の考えを言えば窃盗の何が悪いとさえ思っている。窃盗それ自体に罪はないと俺は思う。大体、人間は自然から何でもかんでも盗みまくっているではないか。綺麗な花があれば切り取って窓際の瓶に挿して飾る、あれだって俺から見れば立派な窃盗だ。海から魚、山からは木を盗んでくるじゃないか。たしかに、そういうものまで窃盗と云うのは詭弁《きべん》かも知れぬ。一個の人間が所有するものを、他の人間が勝手に運び去ることをのみ、窃盗だと定義すれば、たしかに自然から何を持ち去ろうが全然窃盗にはならない。ところがこの自然にしたって、たとえば観光地などで、石コロ一つ持ち帰ってはならぬというような大仰な看板が立っていたりする。これを無断に持ち帰れば窃盗罪に問われるらしいがその石だってその日の朝カラスが咥えていたものが、たまたまその場に落ちただけの物かも知れない。この間は何処かの土地の岩に生えていた苔を、すっかり剝がしたというので逮捕された者があったが、犯人たちの目的は剝がした苔を袋詰めにして、緑化計画に急きたてられた建築屋と盆栽やジオラマに凝る富裕層に転売することにあったらしいが、苔を剝がして窃盗罪とは馬鹿らしくて話にならない。

それはきっと私有地か国有地にあった岩の苔だと言う馬鹿が出てきそうなので先に釘を刺しておくがそんな事は当たり前だ。日本中どこへ行ったって所有者の所在が不明という土地は幾らもあるだろうが所有者のいない土地などあるわけがない。国有地にあった岩から苔を剝がして窃盗になる道理があるとすれば、川から無許可で魚を釣ればそれだって窃盗でなければおかしいじゃないか。

大体俺はその国有地だとか私有地だとかいう概念が好かないね。それは何時誰《いつ》がどういう取り決めで決めたのだ。政治体制によっては今日我が物である筈の土地が明日には国有地となる事だって往々にしてあるというのは歴史が証明している。そうなればその土地に転がる石コロだって、もう我が物ではなくなるのだ。そんなぐらぐらした確固としないもの、いつ所有者が変わってもおかしくないような物を、勝手に運び去ったからとて何故それが罪になるのか俺にはさっぱり分からない。

法律はいつでも持たざる者の為にはなくすべて現在持つ側の為にあるのだ。

世の中に窃盗などという罪はない。盗られたくない物があれば、賊が来たとき守れば良いだけの話である。それを守るのは警察の仕事だという間抜けにも先手を打っておくが、ではその警察が動くのはいつも盗まれた後だというのは、これは一体どういう訳ですか。守るというより裁く側の手先に過ぎないと俺には思えてならない。

この国では一般市民は拳銃を持ってはならぬとされているが、自分の物でさえろくに防衛する手段が無いのである。そういう発想は許されないのである。つまりいつ奪われても仕方がないのだ。本当の意味で護るという事が禁じられている。ではなぜ、逆に奪ってはならないのだ。防御も攻撃もしてはならぬとは無茶苦茶だ。

仮にここに骨董《こっとう》蒐集家が居るとして、ある日の夜、武装した賊が現れた。蒐集家は残念ながら丸腰である。すべて持ち去られた。大切な骨董の数々ともさようなら。もう二度と手に入らぬかも知れない逸物たちは誰ぞの手に渡ってしまった。それから三ヵ年が過ぎてある古物商を訪ねると、あの日あの夜賊によってことごとく持ち去られた愛すべき骨董の数々が陳列されているではないか。何だこれは何処から入手したのだと古物商に詰め寄っても全然答えてくれないどころか、冷やかしならお引き取り下さいとまで言われる始末で頭に来た蒐集家であるがそこは隠忍自重して翌日もまたその翌日も古物商を訪れては、入手経路を執拗に問い続けた。古物商のほうでもこの蒐集家の鬼気迫る執念に参って、とうとうその出処を白状した。蒐集家の目に狂いはなかった。やはりそれらは盗品に違いなかった。古物商は故買屋から、蒐集家が一生をかけて死に物狂いで集めた骨董の数々を、破格の買値で仕入れていたのであった。

「よくぞ白状して下さいました」

「いえいえとんだご災難で」

「それでは返して頂きましょうか」

「なりません」

「どうして、あれは私のですよ」

「えぇ、でも今は私の物ですからね」

「でも今あなた、故買屋から仕入れたと、そう言ったじゃありませんか」

「そうですよ」

「じゃなぜ返さないんだッ」

「あなたも難儀な人ですね。占有権というものをご存知ないんですか。もう二年以上も私が所有していたんです。もう私の物ですよ。大体、強盗に遭ったか知りませんがね、そんなこと言ってる間に時効ですよ。騒ぐなら、どうぞどうぞ。警察を呼びます」

勿論こんな話は今俺が作った出鱈目《でたらめ》な創りごとだ。しかし世の中を精しく観察すれば、これと似たような事が幾らでも罷《まか》り通っているのは誰が否定できるものか。これが世の正義というものか。これが法律というものか。まったくふざけた話じゃないか。

話のついでにもう少し蒐集家の話を掘り下げてみれば、蒐集家とて一方的な被害者とも限らない。蒐集家はもちろん善良な一市民であって盗賊ではないから、骨董の一つ一つをそれは大枚をはたいて買い集めた事だろう。ではその入手経路を辿れば、ひょっとすると誰かが強盗に遭って奪われた物かも知れない。それによって号泣している人がいるかも知れない。だが蒐集家は合法的な取引で入手したのだから、もし泣きっ面の被害者が突如目の前に現れたところで、ハイどうぞと返還する必要はないし法的にもそれで全然ＯＫなのである。

こういう場合、悪いのは盗賊と故買屋の存在だと決めつけてそれ以上に考察を深めようとしないのが世間一般の態度であるが、ではこの蒐集家がかつて自分が奪われた物を取り返すべく、古物商宅に忍び込んだらもうそれで蒐集家は人間失格なのか。

忍び込んだらすでに骨董は売却済だった。幸いにも売却先の住所が記載された伝票がそこにあった。それを追って蒐集家はまた別の人の家に忍び込んだ。さぁこれでもう蒐集家は、紛うことなき泥棒になってしまうというのは、あんまりではないか。

黙って手前の不運を泣いてろというのか。

なぜ俺がこんな創り話まで持ち出して鼻息荒く正義を論じるのかと言えば、骨董蒐集家の筋書きと、まったく同じ道程を辿った、同工異曲の悲劇の、成れの果てが、まさにこの現在の俺の姿なのだ。

…………。

話が大分逸れてしまった。拘束以来、寝つきが悪くて熟睡ということを知らぬから、俺の論理的な思考能力も低下する一方だ。

話を戻して。

俺が商店からタバコを窃取して反省しているというのは法律に違反したことを反省しているのではない。法律なんぞクソ食らえだ。

俺を賊だとは微塵も思わない善良な人から盗んだことを反省しているのである。もしその商店に監視カメラの一つでもあれば、俺は絶対に反省しなかった。しかし俺が盗んだ相手は、猜疑心《さいぎしん》というものを噫《おくび》にも出さない人だった。もし俺をほんの少しでも疑っていたなら、電話が鳴ったからといって俺を店内に残したまま姿を消したりしなかっただろう。その隙を見てカートンを一つ失敬したのだ。

俺はあの商店の主の信頼を裏切った。筋の通らぬ法律など知ったことではないが、生身の人間の信頼を裏切るのは罪だ。これは少々のことでは償うことのできない重大な罪であると俺は反省しているし、この事を思い出す度に、とんでもないことをしたと恥じ入る次第である。ごめんなさい。

もう一つある。これもまた信頼を裏切った罪の反省であるが、タバコを盗んだよりももっと酷いことなので書くのも憚られるのだが、白状しておこう。いや、これも島田の話につながるのだったな……。

中学三年になって俺はある女子から告白された。その女子の名は麻結《まゆ》である。麻結は特別可愛らしくもないし、美しくもない平凡な女子であった。いやはっきり言えば不細工だった。今思い出せばなぜあんなに醜女《ブス》だ醜女だと思っていたのか分からないのだが、ある日突然にそれまでは何でもなかった女子が輝いて見えるというような説明のつかぬ視覚現象が頻発する年頃でもあったので、おそらくその逆の現象のために実際の造形よりも不細工だと錯覚していたのかも知れない。とにかくその時の俺には告白されても嬉しくない相手だったのである。阿呆な女だった。どうせ付き添いを誰かに頼むなら自分より造形美の点で劣るのを人選すれば良いのに、わざわざ劣るどころか段違いに美しいのを連れて来ていたものだから、俺としては余計に面白くなかったのである。

折角向こうから好いてくれているのに無下に断ったりしたら悪いと思って黙っていると、今すぐ答えてくれなくても良い、少し考えてから返事してくれれば良いと、麻結は耳元まで赤くさせて言うのであった。この時俺が危惧したのは、そんな不細工な女と付き合ったことが周囲に知られては陰で笑いものにされるのではないかという一点である。しかしよくよく考えてみれば満更悪い気はしない。いや、それどころか、女子と付き合ったことはあるが向こうから好きやったと言われたのは初めてのことで、おまけに麻結は明らかに気が弱い性格で付き合えば何でも言うことを聞くのが目に見えた。これは面白いことになるかも知れぬと、怪《け》しからん想像逞しくしているうちに妙に気分が高揚して、その日の夜には電話で承諾の旨を伝えたのである。怪しからん想像とは言うまでもないが猥褻行為に類することで、ここで一つそんな経験をしてみるのも悪くない、麻結は俺と付き合えば、その後の事までは保証はできないけれども、ひとまず幸せを嚙み締めるだろうし、人を幸せにするのは善事であるから、たとえ彼女の意に沿わぬ思惑が多少あったところで、先に善事を為している以上、少々の悪も許される。そんな都合の良い話があってたまるかと今になっては恥じ入るばかりであるが、据え膳食わぬは男の恥と、棚からぼた餅式の青春謳歌にやたら昂奮して血潮を逆流させていたのだから、閻魔《えんま》王の帳面に大きな字で救い難しと記されていても文句は言えないよ。おまけにこんな不埒《ふらち》な思惑で付き合いはじめた癖に、いざ本当に付き合ってみると、麻結も成る程少しは可愛い女らしい仕草もするもので、話の合間に髪を耳もとに掻き上げたり、正座を崩して座るその佇まいを間近にしてみれば、段々と俺も真面目に考えるようになって、彼女の初心につけ込んで蹂躙《じゅうりん》するというような不逞な真似は止すべきだ、馬鹿な真似をする前に別れ話に持ち込むのが彼女の為だとさえ思いはじめていたのであるが、麻結も見かけに依らずの強者だったから、逆に俺を誘惑するとまでは行かないまでも不意に猥談を嗾《けしか》けたりする事も度重なって、とうとうある日、互いの理性崩れ……まぁそんな風にして青春していたと言えば、これ以上精しく書く必要はあるまい。

たとえ元を正せば不埒な動機でも、男と女になってみれば、これは男の性なのかも知れぬが、手放して他の男に呉れてやるのは非常に惜しいというか、相場で損をすると分かっていながら持ち株を売るような心境になり、それが翻って、誰にも渡すものかと、気がつけば俺のほうが熱を上げているというような始末で、麻結の腕をとって自室に引き込む際など、決まって麻結の両足が絡まり転びそうになる程に、無意識その手に力が込もった。

と言っても、結局はふしだらな俺の思惑通りに事が運んだ訳で、麻結に対する感情も、先に書いた心理からも明らかなように、恋というよりは何か所有する気持ちのほうが強くまたそれを自覚していただけに、二人して床についている幸せな筈の、青春の筈の刹那であっても、不意に自分が人情を知らぬ獣か悪魔のようにさえ思われて、そんな風にして自分を疑う気持ちが苦しいものだから、麻結の顔を見るだけで訳も分からぬ腹立ちさえ覚えるようになっていった。そこで綺麗さっぱり関係を清算、と陳腐な連続ドラマに倣ったようなモラルは無論、俺には縁遠かった。

麻結は自分の友人たちには振られたという体にして、俺たち二人は学校では目も合わせなかった。これも俺が麻結に命じたことだ。矢張り麻結のような、魅力に乏しいというのが通説の女と好き合っていると思われるのは居心地が悪かった。その癖俺はといえば、時には喜々として人目を忍んで逢い引きを重ねていたのだ。この頃は俺も全然女の生態というものを知らなかったので、あの従順な麻結が俺に逆らって、このふしだらな関係を滅多やたらに友人相手に吹聴して回っているとは終《つい》ぞ夢にも思わなかった。

要するに俺だけが井の中の蛙で、十代の噂話など幾らでも尾ひれがつくから、知らぬ間に女子たちの間で好色一代男とまで揶揄《やゆ》されるようになっていたとは、今考えただけで寒気がする。陰口を叩くのに莫迦にして渾名《あだな》をつけるのは分かるが、そのネーミングを井原西鶴《いはらさいかく》から採ってくるとはまさに勉強以外に取り柄のない醜女どもの考えつきそうなことだ。どうせ国語の授業にでも聞き知っただけの癖に、そんな陰口にまで己の秀才をひけらかしやがって、おかげで小学校以来、密かに想いを寄せ続けていた千尋《ちひろ》にまでニヤニヤされてこっちは勇肌の兄ィを演じて普段は粋がっていただけに余計にバツが悪かった。

二年前には島田の名誉の失墜を莫迦にしていたけれど、己の欲望に負けて麻結に手を出し挙げ句の果てにはその麻結にまで裏切られて笑いものにされているとあっては、名誉も糞もあったものではなかった、が、しかし、そもそも俺が麻結を慰み者にしよう等と不埒な考えでもって、汚らしい青春謳歌に現《うつつ》を抜かしていたのが一番いけなかったのだ。

当時は自分をそうは客観視できぬから、麻結が約束を破ったと彼女を責めてかかったのは恥の上塗りでしかなかった。何《いず》れにせよ麻結の自爆テロには心底参ったのであったが、窮《きゅう》鼠《そ》猫を嚙むの諺《ことわざ》通り、何か切羽詰まった想いが彼女にはあったに違いない。有り体に言えば俺の不純な動機を見抜きその仕返しとしてテロルに及んだのだろう。しかも俺にはいつその復讐を閃いたのか皆目分からぬ程に、俺への憎悪をひた隠しながら逢い引きを重ね俺を油断させていたのだから、まったく女は怖いよ。女を弄んだりしては行き着く処は身の破滅だと思い知った。良い歳をして、死刑囚にまで身を墜としながら、こうして手記を書いているこの現在に至るまでも、古傷が痛むように、俺のほうが耳元まで真っ赤に染めねばならぬとは……こんな話をいつまでも続けていては神経が持たぬ。いや、書くのを止して死の待合にて空虚にただ時が過ぎるのを希《ねが》うよりは、幾らかでもマシなのだったな。こうして書いていると自分の立場を一瞬間本当に忘れてしまう事があり、現実に引き戻されても現実感というものがなく、何だかもう既に地獄に堕とされでもしたような気さえしてくる。このまま歳もとらずに何時までも何時までも四方の壁に囲まれて、生きるのでもなく死ぬのでもなく、ただただ味気ない飯だけ喰っては屁をしてまたぞろ過去の自分に赤面するというような地獄の刑にさえ思えてくる。生きているという実感は書くことによって得られるのだからまだ救いはあるが俺はこれを幾万年も続けねばならぬような恐ろしい気持ちに不意に苛まれる。そんな事は馬鹿げた妄想だよと自分を慰めてもその先にあるのは慰めどころか吊るされるという一事でもって絶望し俺は遂に発狂するのかも知れない。

梅雨が長引く。雨の音は心地良くもまた寂しく、たったひとつの窓、唯一外界と通じるその枠の向こうから聞こえる雨音はなぜかモノラルのように俺の耳には感じられる。立体感というものがないのは発狂の徴《しるし》か。

七

読み返すと、おかしいね。饒舌に、己の現在の境遇を、大仰に嘆きながら締め括っている処など、滑稽千万だよ。立体感が無いだのモノラルの雨音だのと、それらしいが、ちっとも意味が分からないよ。そんな小細工に凝った文体はそれで飯を食う文筆家に任せておけば良いものを。第一、脈絡もなく話があっちこっちに飛びすぎだ。何かの本から盗んだような枝葉の表現ばかり目立って、格好ばかりつけて、そんな自意識はこの手記の信憑性を落とすばかりだ。

どうも俺は自意識が強すぎるからいけないのだな。そんなだから島田のような権謀術数に長けた糞野郎に付け入る隙を与えてしまうのだ。

麻結が、陰では友人たちに有ること無いことを吹聴している、それを俺の耳に入れたのは他でもない島田だった。二年前の内通の前科を忘れ果てて、島田の言をまともに真に受けたのがそもそも俺の不注意というものだった。

たしかに麻結は極親しい友人たちに向かって二、三、俺との関係を暴露していたのは、事実らしかったが、遂に麻結は俺が問い詰めてもそのことは認めなかった。自分のことを信用して呉れないのが何より悲しいといってしくしく泣くばかりで、こういう芝居がかった処を見ると、矢張り、あれだけ口止めしていたのに喋りやがったと確信した。止むに止まれず露呈したなら兎も角、従順な風を装いながら、その裏では約束を反故にして平気で居るような女だとは、知らなかった、と、まだ麻結が罪を認めぬうちから、俺はもうすっかり憤慨してしまって、ひどい罵詈雑言を浴びせかけながら、お前ともこれっきりだと、言うより早く己のほうから我が家を飛び出したので、他人の家に置き去りにされた麻結が俺の帰ってくるまで泣き通しだったと知ったのは、その辺をほっつき歩いて少しは頭も冷えた夜の七時を過ぎた頃だった。家に戻ると、母と親父が二人して俺のもとへどかどか来た。

「あんた、何してたんや、女の子放ったまま出て行って、可哀想に。部屋でえらい泣いてるやんか。まだ明るいうちに送ってあげ、はよ行って優ししたらなあかんで」

「おう」

「あんた、あとでえらい事になるような変な真似しでかしたんと違うやろな」

「何を言うてんねん、ちょっと喧嘩しただけや。送ってくるわ」

自室の扉を開けると、麻結は体育座りをして泣いていたが、俺が戻ったと知って一瞬、顔を明るくした。その一瞬の表情で俺は何かとんでもない悪いことをしたという自責の念に駆られたものだから、何とも余所余所《よそよそ》しい態度ではあったが、もう泣くなよ、と近くにあったティッシュの箱を差し出した。

「私、ほんまに言うてへんもん」

「もうええてその話は、とりあえずもう遅いさけ帰らな親が心配するやろ」

「私、ほんまに言うてへんもん」

「よっしゃ分かった、言うてへんねんな」

「言うてへん」

「もうええわ、行こ」

「信じてへんねやろ」

「そうや」

「なんで信じてくれへんの」

「火の無い処に煙は立たんて言うやんけ」

なぜかその理屈で麻結はすっかり抗弁を諦めたのだが、麻結の家まで付いて行ってまた我が家に戻るまでの小一時間、俺は暗澹《あんたん》たる気分で先行きが不安だった。元はと言えば己の身から出た錆だから、余計に心は重苦しいのだった。不憫な麻結の姿を脳裏に思い返せば、もう許してやって、二人の間のことも、すっかり世間に明らかにして、とも思わないでも無かったが、一時の情に絆《ほだ》されて決意誤っては駄目だ、いざ捨てるとなるとまだまだ惜しいのは凡夫《ぼんぷ》心。俺など終身凡夫に過ぎぬが当時はまだ何者かに成れると信じていたのだ。

麻結とのことを隠している積もりだろうがとっくに露呈している、いやそればかりか、麻結自身がべらぼうにお前の性欲過剰を吹聴しているぞ、と教えてくれたのは島田だったというのは先にも少し書いた通りだ。教えてくれた義理（何が義理だ糞ったれめ）もあって俺は島田に電話を入れて、出たのは例の家政婦らしかったが、まぁとにかく、夜分にすみませんとか何とか、保留の上、五分も待たされ、ようやく電話口に出た島田は何とも怠《だる》そうな声だった。

「何や、どうした」

と不機嫌な声色も、麻結と別れることを決意した、彼奴は全然認めなかったが、態度その他から察するにお前の言う通りらしかったと伝えると、突如不機嫌だった声色に生気が宿って、

「そのほうがええと思うでぇ」

この時点で島田の陰謀を嗅ぎつけるべき、嗅ぎつけて然るべきだったのだが、愛欲に溺れて我を失っていた俺は島田を信用したままで、むしろ俺の為に親身になってくれる良き友人とまで信じていたというのは、思い出すだけで……吐き気がする。

二重スパイが島田のお家芸であることを失念していたのがいけなかった。一度人を裏切った人間は何度でも裏切るものだと、時代劇か何かでそんな台詞があったけれど、当時の俺はまだ人間性悪説を受け容れるだけの知能が発達していなかった。全人類が一律に性悪かどう

か知らぬしそんな事は絶対に無いと俺は信じたい。俠気《おとこぎ》のある友人もあれば、真実愛情をもって尽くそうとしてくれた女も人生で出会わなかった訳ではないのだからな。だが島田のような男に謀《たば》かられ、これほどまでにおちょくられていては、人類など滅亡して仕舞えとも思うのである。そんなある種の破滅的な思想が、あの大事件を引き起こしたと、己で言うのも変だけれど、実際そんな累々とした憤慨の蓄積があったことを、もしこの手記を読む人がいるのなら、覚えていてほしい。人の一生を、新聞記事やニュース番組のたかだか十行程度の報道で、分かった気にはならないでほしい。

……話が先走ってしまったが、島田の俺への進言が謀《はかりごと》であったと知るのは、改めて麻結に別れ話をしてから二週間と経たぬ夏休みのある日の午後であった。

島田の話では何もかも露呈しているというので俺は学校では少し肩身が狭いというか、教師に逆らったりしても勢い虚しく、悪友仲間と居ても陰では俺のことなど軟派な女衒《ぜげん》と思って馬鹿にしているのではないか、と、やたらに勘繰って居心地が悪かったので、夏休みに入って醜女どもの視線に晒されることが無くなったのは嬉しかった。島田の情報戦術に俺はすっかり参っていたのだった。

情報戦術、それだ。元は勉学もできる島田だけにそういうコソコソとした知恵だけは、まあ、とにかく……。

結局は俺への想い断ち切れぬ麻結が、自分の不誠実も含め、島田の陰謀を洗いざらい話して呉れたのである。

夏休みのある日の午後、突然麻結から自宅に電話があった。そこで大事な話があるから会いたいと言うのだった。俺は復縁を求められまた面倒なことになっては敵わないから、会うには及ばぬ電話口で話せと、言っておきながら話を少し聞けば居ても立ってもいられず、直ぐに会って話をすることにした。

麻結はたしかに、あの告白の場に連れてきた友人だけには、俺との蜜月関係を話してしまったことを認めた上で、俺と別れた直後から島田に鞍替えしたことまで、何を想ってかすべて白状した。とんでもない女だった。しかし島田もまたとんでもない奴だった。

島田は俺と麻結の両人に、親身な友人の振りをしながら聞き出した情報を元に、虚実入り交え、互いの耳へ、何やらかんやらと吹き込んでは、お互いの心に疑惑を生じさせ、遂に関係が破綻したところを見計らって、麻結を口説いていたのだ。こういう恋愛がうまく立ち行かなくなったとき、麻結のような意志の弱い女というのは理性ばかりか貞操観念まで失うのだから真相を聞いて魂消《たまげ》てしまった。お前、島田のこと好きやったんかと問うと、わからへん、たぶんちょっと好きになってた、等と、こんな調子で全然お話にならないのだった。

分からないとか多分とか、人に恋するとはそんな曖昧なものなのか。そんな事で良いのかと、憤慨する尻から、麻結の恋心を逆手にとって良い思いをしていた俺自身のことがすぐさま思い出され、麻結に対してもついつい弱気になった。要するに麻結は俺と復縁したいのだが、ついついの弱気が祟って、馬鹿にするなと一蹴もできず、何か俺のほうが、しどろもどろになっていたのを憶えている。おまけにそんな最中に、すべてぶっちゃけて仕舞えば、久しぶりに会った麻結に欲情さえしていた。もう一度俺が汚してやりたいというような、くだらん中年の恋を描いた三文小説のようなことまで考えていた。お前はどこまで屑なのだと自ら戒めた。

麻結への憐憫《れんびん》と憤慨と欲情、そして島田への殺意が渾然《こんぜん》一体となった形容し難い悪感情は思いの外、俺を正しい方向へ導いた。

島田への殺意、と誤魔化したので訂正すると、そこには無論、嫉妬もあったのである。

麻結は別に俺の所有物でも無いのに、またたとえそうだったとしても俺が自ら麻結を捨てたのに、それを拾った島田に嫉妬するとは、本当に馬鹿だった。しかし一つには、虚実入り交えた情報戦術で俺の敵愾心《てきがいしん》に火を放ち、麻結を積極的に捨てさせた島田の小賢しい真似がどうしても許せないのだった。

しかも島田の腹の底には俺と同じ、獣の魂胆があるのは明らかで、麻結を真実愛すが故の蛮行で無いことも、猥褻本一つ所有できず悶々としていた島田の醜い姿を知っているだけに、俺にはすべてお見通しで、それ故余計に島田を呪う気持ちに拍車がかかった。

八

問題は、島田が我々の仲間であったことである。こういう場合、後先考えずに暴行したりするのはいけない。と言うのも、訳なしの暴力行為を是認するほど、我々不良少年とて身内の争い事は好まぬし、何ならそういう時には、

「俺ら仲間やろ」

と、声を大にして、争いにまで及んだ因果関係はひとまず棚に上げるのが常であったからである。さらに争いに発展した理由というのが、まぁあんな事情なのだから、そんな事では全員一致の有罪評決は得られる筈がなかった。

夏休みの間、悪友仲間のグループは、その頃新規開店したファミリーレストランを根城にしていた。四、五人のグループで行ってはドリンクバーとおつまみだけ注文し、それで昼から夜まで時には深夜まで陣取っていた。図書館の学習机を陣取る真面目学生たちにも、縄張りがあるのかどうか、それは知らぬが、縄張り意識の強い悪友仲間の間では、ファミレスを根城にするのは一種のステイタスだった。そんな訳で夏休みが終わる頃には忽ちにして年長

の不良グループに占領された苦い思い出もあるが、とにかく、この時はまだ、我々の場所だった。

島田は勿論、毎日飽きもせず麻結と密会していたであろうから、なかなかファミレスの集会には顔を出さなかった。

そのファミレスで悪友仲間の主要メンバーが揃った折、俺はちょっと話があると皆の無駄口を黙らせて、

「島田をシバく」

と宣言した。それから、
事後報告になって済まぬが、これこれこういう経緯があった、麻結のことを隠していたのはお前たちに莫迦にされるのではないかと恐れたからだ、それも麻結がすべて内情を垂れ流しにしているとは知らなかったから、いつかそのうち皆にも明かそう明かそうと思いつつ、延ばし延ばしにした結果、このザマだ、笑うなら笑ってくれ、いや笑うな、俺は結構麻結に惚れていたんだ、醜女だと分かっていても、関係を持てば情が湧いてくるんだよ、とにかく俺は島田の手口には心底頭に来ているし、このままタダで済ますのは口惜しい、麻結を盗られたことを恨んでいるのではない、そんな女々しい男だとは思ってくれるな、そうではなくて、あの島田のやり方が姑息に過ぎるのではないかと俺は怒っているのだ、卑怯じゃないか、卑劣じゃないか、両陣営によからぬ進言をして争いを引き起こすとは、戦国大名にでも

なった積もりか、それも己が欲望を成就させるためにそんな絵を描いて仕組んでみせると
は、こんな無法が許されるのか、と、黙って聞くばかりの悪友たちに向かって鼻息荒く説明
した。皆視線を下にして黙って聞いていたので、勢い俺の口から飛んだ唾がポテトの皿に落
ちていたとは知らず、俺が主張を終えてから数秒の沈黙の後に、野口は唾の落ちたポテトを
摘みながら、
「よう言うてくれたなァ」
と、それだけ言ってまた皆黙るのだった。
俺は彼らの沈黙を、否定的な意味だと思って、呆れてやがるな、愛想を尽かしたか、と訝
っていたが、ぽつりぽつりと口を開いた悪友たちの言葉に俺は絶句した。
皆、そんな話は初耳だというのだった。
「好色って何のことや?」
「何やろな、お前分かる?」
「何やろな、そもそも一代男って」
「あれと違うか、空手バカ一代みたいな、そういう意味と」
「ほんだら好色ってなんやねん」
「公務員のことかな」
「公務員、公職、それや、むっつり助平のことをいうんやで。ははは、お前も言われたも

んやなァ」

が、しかし、これは由々しき問題だ、と、野口だけは事態を重く受け止め、皆が冗談めかして話題にするのを牽制した。

自ずと話題は島田の日々の素行、二年前の内通事件にまで及び、なんでそんな奴を仲間やと思うてたんやろうなと皆一様に不思議がる始末で、仏の顔は三度あるか知らんが俺らは二度までじゃ、島田の野郎は全員で処刑だ処刑だと、大した議論を重ねずに処刑と相成る事の成り行きを見ていると、勿論それらは俺を味方して言って呉れているのだから嬉しいが、これが逆の立場で、島田のように裏切りが明白でない場合でも、恐らく結論は処刑となる可能性が高く、一歩間違えれば俺が処刑されてもおかしくなかった事を考えれば、まったく恐ろしいことこの上なし、群集心理というか、元から熱しやすい集団だけに一層その愚は目立つのだったが、何れにせよこうして味方になってくれた悪友たちには感謝してその日の勘定は俺が支払った。

ところで、一体島田はどこで麻結と俺との関係を嗅ぎつけたのか。後日、悪友仲間総出で、各々、もっとも親しい女友達にそれとなく醜女連中の噂を探ってもらった。

ここで俺は、はじめから麻結をオモチャにする気など全然無かった、真実俺は惚れていたというように、まぁこれは虚偽に他ならないが、そうして女連中の同情を惹いて、好色呼ばわりの汚名返上を謀りもしたのだから、島田のことだけをことさら陰謀家だ陰謀家だとこの手記で罵るのはやはり公平に欠いた態度だと反省している。だからと言って今更、元に戻って書き直していてはそのうち俺は吊るされてしまうのだから、兎にも角にも今は全速力でことの次第を書き綴ろう。

九

青木君の差し入れのお陰で、原稿用紙を買うことができた。原稿用紙に慣れると、配給のチリ紙では書く気がしなくなる。青木君のお陰さまで俺は贅沢を覚えてしまった。たまにはお菓子ぐらい買ったらどうですかと青木君も手紙で書いていたので、お言葉に甘えて、わらび餅を買ったところが、味をしめて昨日は大福餅を買ってしまった。おまけに、ＤＶＤ鑑賞が許される日だったので、独房でひとり映画を観ながら食べる大福餅は何とも倖せな味だった。ありがとう青木君。ただ映画は全然面白くない、継承者問題に悩む木こりの物語だったのが残念だ。タイトルは失念した。ウッド何とかだった。もう少しマシな大島渚など社会派ドラマが観たいと看守に言うと、せめて山田洋次にしとけよと笑っていた。あんまり重苦しい映画は、たとえ希望があっても看守のほうで観せたく無い様子だった。俺はそういう社会派ドラマでも観て手記を書く発奮剤にしようと思っていたのだが。

さて、島田処刑の話の続きだ。

悪友仲間たちの尽力によって、島田の企みの全貌が明らかになった。何のことはない。島田は教室の隅でいつも大人しくしているような女子に目をつけて、その女子と仲良くしようと、はっきり言えば陵辱しようと、陰でこそこそ、手紙を交わしたり、例の豪邸に呼んだりしていたのだ。その辺から麻結と俺との関係を嗅ぎつけ、それればかりか俺と麻結との間を裂いて、自分が後釜に座ろうなどという大それた計画を実行に移すとは、想像絶する天恵の才としか思えないが、詰めが甘い為にすべて俺へ露呈する運びとなったところなど、今にして思えば、この時分は島田もまだまだ可愛らしいものだった。

なぜ、わざわざ麻結に狙いを定めたのか、なぜ友である筈の俺を欺《だま》してまで、麻結を我が物にしよう等と思ったのか、その訳は、俺にはよく分かる。島田という男の性根を知っている俺には、まさに手にとるように、島田の心理がよく分かった。

どうせ彼奴のことだから、不純な動機を隠しもせずに、少し仲良くなったと見たら次から次に関係を迫っていたのだろう。どうだ俺は富豪の子息だ、家もほら見ろこの通りと、自分の生まれを鼻にかけ、庶民の女子なら、少し焼肉でも奢ってやればたちどころに靡《なび》くのだと、思い上がっていたに違いない。ところが庶民の女子とて誇りもあれば、その庶民の暮らしを維持せんが為に汗水垂らして働いている親への尊敬の念もある。島田がそんな風に己が金持ちなのを鼻にかければかけるほど、庶民の女子からすればカチンと来るものがあったかどうか、それは知らぬが、何れにせよ、島田が狙った女子たちは全員、揃いも揃って、島田に憧れて甘言に靡くどころか、はじめは島田も紳士を装っていただけに、翻って下心見え見えの島田の苦心には大いに興醒めして、まるで相手にもしなかった、というのは悪友仲間たちの調査によって明らかになったことである。島田は自分が富豪の子息であることを鼻にかけている、庶民の女子など富豪の威力を背景にすれば何でも言うことを聞くものだ、そういう庶民を見下したような態度こそが、まさに庶民の女子たちの反感を買ったのだという事にはまるで気がつかない。そんな心得違いが未だ童貞の理由であることに気がつかない。真面目で気の弱そうな女子ならばと、関係を迫る度に拒絶された島田は、その矛先を自らの傲慢ではなく女子たちの貞操観念に向けた。助兵衛ジジイよろしく、銭と違って他人に与えたところで一つも減るものでないのに勿体ぶりやがってと、どうせそんな料簡から、自分に靡かぬ理由を生娘の頑なさだと決めつけた。そこで、既に俺と関係を持っている麻結なら、うまくやれば簡単に我が物になると読んだのだろう。その読みがあながち間違いでなかったところが一番、俺には痛かった。

島田の陰謀に乗せられ麻結を罵倒したのは俺だ。その事実もまた俺を落ち込ませた。

傷心の麻結は島田の甘言にうかうか乗って身を任せた。俺への腹いせもあったのかも知れぬ。いやあったと信じたい。そうでなければ、あれほど俺を愛した麻結がそうも簡単に島田に鞍替えするとは思えない。

と、ここまで書いて気がついたが、どうやら俺は知らぬ間に、麻結に惚れていたのだな。真実惚れていると言ったのは、他の女子の同情を惹くためさ、そんなニヒルな言い草も、裏を返せば自分の本当の気持ちを隠すための方便だったのだな。洗いざらいすべて、白状すると誓って手記を書いている、だのに未だに自分を偽っているとは、情けないぜ。

さぁさぁ島田の陰謀が明らかになった以上このまま捨て置く訳にはいかぬ、シバく、鉄の味を味わわせてやる、這いつくばらせて泥を噛ませてやるぞ、そう意気込んだものの、夏休みの間のこと故、登校してきた背中をグサリと一突き、という訳にもいかず、とりあえず根城のファミレスに呼び出した。

島田は文武両道、多少柔道の心得もあるそうだから正攻法では敵わない。そこで俺は万が一に備えて折り畳みナイフをポケットに忍ばせておいた。どうかするとこれで衝いてやる積もりだった。不良の世界といえば何でも素手《ステ》ゴロで勝負をつけると思っているなら、それは漫画の読み過ぎだ。素手で敵わぬ相手には、敵うように工夫を凝らすものだ。こういう工夫を卑怯だ何だと言う奴は、拳闘の世界にでも行けば良い。その拳闘の世界にしたってグローブの中に握り物を隠したり、時にはグローブに薬剤など塗って相手の目を潰すというじゃないか。現実は勝てば官軍だ。男らしく正々堂々など、聞こえは良いが、そんなもの、剣豪、宮本武蔵だって一笑に付すにちがいない。

島田はまさか自分の陰謀についての審判が開かれるとは思っていないから、やけにニヤついた顔で現れた。それにいつものように脂ぎってはなく、サッパリした印象だったから、麻結と楽しんできた後か、と妙に興奮して俺はポケットのナイフを強く握った。

悪友仲間の代表として、野口ひとりが俺と島田のテーブルに加わり、他の悪友たちは、少し離れたテーブルで待機してもらうことにした。島田が逆上して暴れた場合は、ひとまず全員で店外へ連れ出す肚《はら》だった。

あくまで仲間の審判故、のっけから罪人と決めつける訳にはいかない。冷静に島田の出方を見ようと、当の島田が来るまでは、誰よりそう主張していた野口だったが、ニヤつきながら現れた島田がテーブルにつくなり、

「おいコラ、どうケジメつけるんじゃワレ」

と大声で怒鳴りつけたのには驚いた。おいおいそれじゃ事前の打ち合わせは何だったんだと、呆れもしたが、それより俺の問題にそこまで熱くなってくれる野口を見て、持つべきものは野口と心底思ったものだ。離れたテーブルの悪友たちの中には野口の暴走に思わず噴く者もあった。兎に角、どうケジメつけるんじゃワレ、と言われても島田は全然事態が摑めぬ様子で、まさか陰謀がすべて知れているとは知らぬのだからそれも無理もないが、却ってそんな様子がシラを切っているように見えたのだろうか、野口は続けて、

「黙ってやんと何とか言えやコラ」

と、島田の胸ぐらを摑む始末だった。店内騒然となって客全員の注目の的だったが、そういう視線を感じれば感じるほど、野口の俠気はもりもり湧いて来た様子で、もう話も何もあったものではない。せめて島田が罪を認めるまでは武力行使は控えるべきだと、本来なら俺が止められる筈なんだがなァと思いながら猛る野口を抑えにかかって、勘定は離れたテーブルの悪友たちに任せてひとまず店外に島田と野口を連れ出した。

人目を避けようと、ファミレスの裏の路地まで連れ立って歩いていると、一瞬、こんな争い事は虚しいと思った。たかだか女ひとりの事で、折角の男の友情を壊すのは勿体無いのではないかと、島田の友情を踏みにじるような真似はたしかに許されることではないが、今一度、反省の機会を与えてやるのが真の友情ではないのかと、ポケットに忍ばせたナイフがやたら重く感じるのだった。島田は訳も分からず野口に怒鳴られ、胸ぐらを摑まれ、柔道の心得があるなら開き直って野口や俺を地面に叩きつけることも出来ただろうに一切抵抗の意思を見せず、ただ黙々と路地に向かって歩いていた。勘定を済ませた悪友たちも後ろから追いかけてくる。路地裏に到達すれば、問答の末、また野口が猛って、こうなれば幾ら柔道の心得があったとて、数の力で圧されてボコボコにされるのは決まり切っている。だのに島田はどういう気なのか、すました顔で処刑場へ堂々歩いて行くではないか。この時、いっそのこと島田が走り出せば、追いかけ勢いに乗じて思う存分撲《なぐ》ってやったのだが、こうまで神妙にされては多勢に無勢の島田が何だか気の毒にさえ思った。こんな事になったのも俺の麻結に対しての不埒な動機が発端だ。俺に味方して本気で怒ってくれる野口に対しても申し訳ない気持ちだった。が、ここまで来た以上、今更俺が島田処刑を止す気になったと言えば、お前ら一体何なんだ、俺たち仲間を舐めてるのかと、島田と俺は二人揃って追放されてしまうだろう。

そんな弱気になっている内に、とうとう路地裏に来てしまった。野口は島田の胸ぐらを摑むや建物の壁に押しつけて、

「ほんまのこと言え」

と凄んで見せた。島田にしてみれば、ほんまのこと言えと凄まれても、何を話せば良いのか分からない。

「さっきから、何のことやねん、分からへん」

此の期に及んでまだシラ切る気かと、野口だけでなく悪友仲間皆で島田を囲んで罵りまくった。

「分からへんと違うやろボケ」

「とぼけやがって」

「自分の胸に手当てて考えろアホ」

「黙ってやんと何とか言わんかいコラ」

そんな風に罵られた島田の目には、じわじわ涙が滲んで来ていた。

「そやから、何のことやねん」

そこで野口が一発、島田の頰を撲った。パチーンと肉を打つ音が響いた。島田が罪を認めぬうちから撲ったりしては、後々弁解の仕様がないと思った。

「それ以上はやらんといてくれ」

「もうお前だけの問題と違うんや」

「そやけど、けじめつけなあかんのは先《ま》ずは俺やでな」

柔道の心得もあると思って、はじめから仲間を頼ったりしたのは、この俺だ。その点、撲られても涙を堪えて歯を食いしばったまま立っていた島田は、実に男らしく見えた。そこで、改めて、島田と腹を割って話そうという気になったのである。

「島田と二人で話したい。悪いけど、ちょっと外してくれへんか」

そう言って俺は島田を連れて、悪友たちから離れて行った。その時ようやく島田は麻結のことで糾弾されているのだと気がついた様子だった。何と言い逃れをしたものかと、島田の目は泳ぎっ放しで、そんな島田を見ていると先ほどの男らしさは何処へ消し飛んだのかと、俺は呆れると同時に猛然腹が立った。

「もう全部ばれてるで。お前、しょうもないことしたもんやな。麻結本人からも聞いてるんやで。他の女も皆《み》んな口揃えて言うてるわ、お前が俺に言うたこと、麻結に言うたこと、それら全部が嘘と違うかもしれへんけど、なんで俺に麻結を捨てさせるように仕向けたりしたんや」

「ごめん……俺も麻結とやりたかった」

聞くなり俺の堪忍袋もいよいよブチ切れてしまった。二年前、獅子頭の輩が野口の腹を思い切り蹴ったのと同じ按配で、思い切り、島田の腹を蹴った。うぐぐと呻いて島田は腹を抱えながらその場に崩れた。あほんだらあめがと胸ぐら摑んで立たせた上、顔面に思い切り一発見舞ってやろうとした瞬間、島田がどういう技でどうやったのか今もって謎なのだが、俺は地面に叩き伏せられていた。そうして地面に叩きつけておいて、島田は所謂、マウントをとって俺の顔面をしたたか打つのだった。その様子に気がついた野口が真っ先に飛んできて文字通り飛び蹴りにて島田をぶっ飛ばし、今度は野口がマウントをとる格好で島田をポカポカ撲りつけた。今度はまた俺が野口を引き離した上、俺が俺がとマウントをとってやろうとしたところ、股間に蹴りを入れられて声も出ない始末だった。股間を握りしめてその場で卒倒した。股間を押さえながらふと見ると、野口と島田が摑み合って地面を転がり回ってぃる。ここまでが殆ど一瞬の出来事だったから、悪友たちも、どういう風に加勢すれば良いものか分からず、立ち尽くして、やめとけェやめとけェと情けない声で言うばかりだった。次第に股間の痛みも治まって、漸く立ち上がれるようになった頃には島田も野口も転がりまくって泥々の体になっていた。転がりながらお互いポカポカ撲っている姿は何となく滑稽だった。くそったれ島田め、股間を蹴るなど卑怯千万と、ナイフを取り出し、転がり回る島田と野口に駆け寄った。衝いてやる。そう思った刹那、そこで誰かが警察やッ警察やぞッと、その声はもう遠くのほうで叫んでいるのが聞こえ、コラーッとやけに太い巡査の声がすぐ近くで響くのだった。はっと目が醒めるようにして島田も野口も俺も逃げ出した。

「逃げても無駄やぞッ逃げるなよォ」

パトカーのスピーカーが叫んでいたが、何が無駄なものかアホかと思いながら、俺と野口と島田は民家の塀を越えて私有地をどんどん跨いで逃げた。逃げても逃げてもパトカーのサイレンは追ってくる。こうなると逃げる者同士の咄嗟の気遣いで、たとえば島田が先頭に立って塀を越える、するとすぐに塀をまた越えて戻ってきて、あかんこっちはあかんアッチやアッチやと俺と野口を急き立て、別の方向へ誘導する。今度は俺が先頭に立って路地に飛び出すと、曲がり角にパトカーの赤灯がチカチカしているのが見えて、すぐさま引き返し、こっちもあかん、アッチやアッチやと野口と島田を急き立てる。つい先ほどまでポカポカ撲り合っていた癖に、俺などもう一思いに衝いてやろうとさえ思っていた癖に、こうして共々追われる身になると互いに無事逃げ果《おお》せるようにと協力し合うのだった。パトカーのスピーカーから聞こえるダミ声や、赤灯の回る様子というのは叩けばホコリだらけの中学三年には誠に大変な脅威であったから、やがて三人とも逸《はぐ》れてしまうまでは実によく協力し合い、民家の屋根に上がろうと四苦八苦していた時など、先に上がった俺が、わざわざ島田に手を差し伸べたりもしたのだから不思議でならない。もちろん、逆に島田が俺や野口に手を差し伸べる場面もあった。ふとなんで俺が島田を助けるんやと思わないでも無かったし、それは島田とて同じだったろうが、差し迫った危険を前に敵味方など顧みる余裕は無いのであった。

「どこまで逃げる気やッ」

と巡査の怒鳴り声が後ろで響くが、どうやらもう息も上がった様子である。

「お前ら、逃げられると思うなよォ」

と姿も見えぬ巡査の声がまた響く。もうさすがに逃げ切ったと我々三人油断したのがいけなかった。少し座って息を整え、路地に出て角を曲がったところをだしぬけに懐中電灯のライトを浴びせられた。

「お前らァ！」

と図体のデカイ巡査のひとりが雄叫《おたけ》びながら、大きく腕を広げて、ダダダダダッと、迫ってきた。何とも恐ろしい姿であった。驚いた我々三人、

「出たァ！」

と絶叫しながら踵を返して全速力でまた逃げた。そこで全員バラバラの方向に一斉に逃げたのだった。俺はすぐにまた民家の塀をよじ登って逃げ果せることが出来たが、島田と野口は無事に逃げられただろうか、それだけが気がかりで、できるだけ人目につかぬ溝の縁などを伝って、実家のある町内まで戻って来たときには既に夜の十時を過ぎていた。二時間以上も逃げ廻っていたのだから体力消耗著しく、自室に戻ると倒れるようにベッドに転がり、島

田への恨み事もすっかり忘れて、あぁえらい目に遭《お》うた、捕まったらナイフも持っていたから危ないところよと、布団に染み付いた自らの体臭を嗅ぐとなぜか大に安堵して、その夜はそのまま眠ってしまった。

十

翌朝、母に起こされ、野口君から電話やで、ちょっとあんたなんやその顔、いや何でもない放っとけと、慌てて、自室の子機にて、おうもしもし逃げ切れたんやな、と言うと、そうやそうやと野口も俺が無事だったことを喜んだ。直ぐに会って話そうとなった。野口は、悪いけど家まで来てくれるか、と小さな声で言った。おう、今から行くわ、と、出かける前に洗面台で己の顔を見ると、撲られたことが丸出しで、ところどころ腫れているし、日頃自信の無い顔が余計に醜く思えて外出は止したい気分だった。チャリンコを立ち漕ぎして野口の元へ急いだ。会ってみると野口の顔面のほうが大変に腫れ上がっており、左目など半ば閉じたような状態で、顔面そこら中、傷だらけになっていた。家まで来てくれというのは無論、そんな有り様を他人に見せるのが忍びなかったのだ。

野口の家庭は荒れた市営団地の一室にあり、今ではどうか知らんがその頃は、市営団地の覇権を握る者が、本来は賃料三千円のところを、二倍、三倍にして又貸しに次ぐ又貸しをしているらしく、それでも一万円以下の賃料という破格のため、全国中から脛《すね》に傷もつ曰くありげな男たちが流れ着いている状態で、その為に団地一帯にはいつも殺伐とした空気が漂っていたというのは、事情を知る者の色眼鏡で見た景色だったのか、とにかく野口はその団地に住んでいた。

我が家のような三流商人と違って、野口の父親は生来の働き者らしく、左官屋をして稼ぎ、酒も呑めば博奕《ばくち》もするが、女に深入りは絶対しない。前夜どれだけ呑んで酩酊していようと夜が明ければ、自ら体に鞭打ってでも仕事は必ずやる。そういう風であったから、野口家の経済はとても安定しているらしかった。野口家といって父と子の二人暮らしであった。野口の母はとうに居なかった。その理由を野口は誰にも明かしたことがないそうだ。俺にも遂に話さなかった。

片親で流れ者だらけの市営団地に住まうと聞けば、誰でも不良を連想するのは無理からぬこと故、特別騒ぎ立てるような事でもない少年の腕白ぶりにさえ、教師は大いにはしゃぎ廻って、余計に騒ぎを膨らまし、時には冤罪もあったに違いなく、くさった野口は益々不良じみて、小学校高学年の時分には、早くも当時流行のギャングを標榜《ひょうぼう》した「クラッシュ」という名の一派まで形成したというのだから、かなりの強者だった。世間的には真っ逆さまに、不良の世界ではトントン拍子に、悪名を纏《まと》っていった訳である。その「クラッシュ」は野口曰く「裁縫針の穴ほどケツの細《こま》い奴ら」ばかり集まっていた為、遂に短命に終わったようだが、真っ赤なバンダナを巻いて、ダボダボの服装をしてのし歩く姿を、まだ中学に上がって出会う以前、俺も祭りで見かけたことがある。当時は、えらい洒落てんなぁと感心しながら見ていた。

そんな不良じみた野口を、左官屋の父親は訳なしに叱るのでもなく、嘆くのでもなく、ただ、男らしく生きるという点においてのみ教育して行った為、言動その他には一層馬力がかかって不良らしくなったが、その考え方には一貫して筋の通った処があり、無論、女にもモテたが、俺や島田のような不埒な考えでもって弄ぶことなど野口の流儀には反した。親に扶養してもらっている身分で女を知るなど贅沢だと、口癖のように言っていたが、贅沢というのは即ち、無責任だと言いたかったのだろう。野口の立派なところは、そうして言葉を選んで、周囲の者には絶対に己の考え方を押しつけない徹底した個人主義にあった。己だけの定規で測って他人を評定するという事は全然しなかった。

そういう野口の哲学を身近に居て知っていたから、ファミレスで俺がことの次第を打ち明けた時、よう言うてくれたなァと、その言葉が何より意外だった。また野口が己の信条と、不良仲間の不文律を分けて考えたことには、底知れぬ男らしさを感じたものだった。個人の信念と、集団の倫理を、分けて考えられるというのは、本当に凄いことだ。末は、暗黒街の頭領か、あるいはこういう男は、何をきっかけに奮起するか想像もつかない。ひょっとすると暗黒街どころか陽の当たる表の世界にて立身出世し、世の不正に立ち向かう豪傑弁護士又は政治家にでもなるかも知れぬと、俺は本気で信じていた。彼が若くして、正面衝突の事故で逝ってしまったのは、何と表現すれば良いものか、言葉が見つからない。もし彼が生きていたらもし彼との交際が続いていたらと、公判中にさえ何度思ったことか。きっと彼は俺の起こした事件の本質を誰よりも理解してくれただろう。心から理解をし、味方になってくれただろう。そうしてただ味方になるだけでなく、世間をこうまで騒がした以上は、じたばたせずに、正々堂々と絞首刑台に立てと、突き放したようでいて真実心のこもった台詞を手紙で書いて寄越してくれたにちがいない。そんな男だった。

あの世に行ってもし神に会えるのなら、俺の命や生涯のことよりも、まず真っ先に、なぜ野口晃《あきら》を地上から抹殺したのだと、それがどれだけ人間社会の損失になったか、神様あんたはどういう積もりで彼の命をバイパスの隅に捨て置いたんやと、問い詰めてやりたい。よしんば彼が暗黒街に身を投げたとて、決して人情のない真似は、少なくとも自ら買って出てまでしなかった筈だ。それどころか、暗黒街の力でしか解決できぬ浮世の諸問題をテキパキ処理して、いくら法律には反しても、堅気を泣かせて平気で遊び暮らすような極道には、ならなかった筈だ。俺の知る限り、彼こそ現代に生きる俠客《きょうかく》にさえ成りえた男だ。その可能性を奪った神様あんたほんまにひどいで。ほんまに情のない真似しやがったな。

………。

市営団地の階段を上がり、インターホンを鳴らすとバタバタ足音が聞こえ、すぐに野口が扉を開けた。野口の顔面が腫れ上がっているのを見て、俺は本当に済まない気持ちだった。己の行動がこうまで他人に影響するとは思いもしなかったと、半開きの左目でジロリと見られた時には恥じ入るばかりで、その後もずっと、やたらとタバコに火をつけては会話の間を埋め、できるだけ顔を見ぬようにしていた。

しかし野口は殊の外あっけらかんとした様子で、島田も大した奴やで、お前、股間、蹴られてたやろ、ようすぐ立ち上がれたな、しかもそのあとすぐの大捕物をよう逃げられたな、と昨夜のことを笑い飛ばすのだったが、笑うと顔面の傷が痛むらしく、痛みに耐えて目を細めると、いよいよ左目は塞がってしまうのだった。

笑ってはいても腸《はらわた》は煮えていた。それは彼の不意の眼差しが証明していた。ひとしきり笑い声を出すと決まって、虚空を睨んだ。

島田が無事だったのかどうか、恐る恐る、その場で島田の家に電話をかけることに相成った。結果はどうあれ多勢で囲んだ以上、大問題になっていないとも限らない。このまま放置していたのでは我々のほうが浮き足立って、どうにも食欲も湧かぬ故、意を決して電話をかけたのは、じゃんけんで負けた野口である。例によって家政婦が応対した。野口と二人して、受話器に顔を寄せ、向こうの喋り声を聞き漏らさぬようにと必死の体で、保留の上、この時は二分ほど待たされた。

死にかけのような声で、島田が電話口に出たときには、俺も野口もよっしゃ無事やったと目を合わせたが、さて無事を確かめたところで、それ以上に何か目的を定めていた訳ではないから、野口も言葉が詰まる。

「野口やろ……なんやねん……」

沈みきった声だった。

「逃げたんやな。よう逃げたな」

と野口が言うと、島田は沈黙した。

「まぁあれや、あれや、お互い、今はぼろぼろやさけな、よう休めぇよ。昨日の続きはまたやるにしても、今はお互い、休まなあかん。そやから、まぁ、休もうぜ」

休んでいるところに電話をして、休もうぜとは可笑しいなと思ったが、考えてみれば他に言うことなど何一つ無いのだ。

「また電話するわ、今度こそケリつけたるさけ、覚えとけよ」

と、突然野口が声色を強張らせて言った。休もうぜの話しぶりがやけに親しげだったのを自分でも気づき、それを撤回しようとした様子だった。その時、微かに島田が、

「もう、ええわァ」

と呟くように言ったのを俺は聞き逃さなかった。なぜかその投げやり至極な態度に頭に来

て、おい貸してくれと受話器を横取り、

「もう、ええわァとは何じゃお前、お前がようてもこっちはようないんじゃアホ。何やったら今からおんどれの家まで殴り込んだろうかボケ、おう、こら島田ァ、お前、」

と言い終わらぬうちに、ブチっと電話が切れた。電話切りやがったと思うとまた余計に腹が立ったが、もう一度電話する野暮な真似は、まさか野口の家の電話機だけに、また何分も待たされては通話料も馬鹿にならぬ故に、できなかった。

「あいつ、切りやがった」

「当ったり前や。いきなり出てきてぼろくそ言われたら」

付けっ放しにしていたテレビの報道で、電話の最中に、地震があったと知れたが、俺も野口も全然気がつかなかったのは、おそらくお互い興奮していたのだろうと、この頃の事を思い出す度、二人で笑ったものだ。

まぁ震度二程度の揺れぐらい、近くを生コン車が通ったと思えば、特別気にするほど、揺れてはいなかったのだろうが、こういう偶然を何かの験のように受け取って、やたらと勘ぐっていたのだった。十五歳を目前にした中学三年の少年らしくて、微笑ましい。

そうやろ野口、もう直き、俺もそっちへ逝くけど、多分俺は地獄行きやさけな、お前は俺が地獄に降って行くのを、手を振りながらでも見届けてくれ。俺はお前の暮らす天国に向かって唾吐いたる。

十一

七日も経てば傷も癒え、野口と俺は再び、島田を呼び出した。

が、島田は来なかった。

再三、呼び出してみた。今度は、多勢でお前を囲むことはしないと約束し、お前にも言い分があるなら、頭ごなしに糾弾したりせず、話も聞くし、場合によっては、再び撲らねばなるまいが、お前が希むなら、素手で、勝負しても良いとまで、そこまで言ったのにも拘わらず、島田は遂に姿を見せなかった。

舐めてやがる。

俺は不意打ちに腹を蹴っただけで、それで島田が無抵抗なら、撲り足りないと不満はあっても、それ以上は追及しなかったが、島田は事もあろうに柔道の技で抵抗してきたし、おまけに過剰防衛の振る舞いであったので、このまま済ます訳にはいかないと思っていた。野口もまた同じ理由で、島田のクソ野郎と憤慨していたから、呼び出しにあくまで応じる気がないのならばと、島田家に殴り込んでやろうという事で意見は一致、他の悪友たちを巻き込んでは我々のほうが一方的に悪くなると判断して、二人きりで島田家へ、チャリンコを漕ぎ漕ぎ、向かったのは、夏休みも暮れの頃である。住所は電話帳から割り出した。

島田家は噂通り、附近の住宅地からもかなり離れた僻地にあったが、その敷地は門から見る限りでも壮大で、昔聞いたことのある、城のような家屋も見えた。城と聞いて俺は、何だかヨーロッパ風の石造りを勝手に想像していたのだが、実際は日本建築の大豪邸で、たしかに見方によっては、城だ。見方によっては、というのは、外堀や石垣が周りを取り囲んでいないからで、豪奢な武家屋敷といったほうが実像に近い。俺も野口も正真正銘、庶民の倅であったから、何となく気持ちが引いてしまうほど、豪邸の威力は強かった。

門前にはインターホンも何もない。こんな処から大声で叫んだとて豪邸の内にまでは声は届きそうにもない。さてどうするかと思案に暮れていると、野口が、あ、と言って上のほうを指差した。野口の指の先には、監視カメラがあった。門前を照らす外灯にカメラが備えつけられていたのだ。しかも固定カメラではなく、キュイーンと機械音をさせて、誰かが操作しているのだろうが、カメラが首を振る瞬間もたしかに見た。

島田が監視室（そんなものあるかどうか知らない）から俺たち二人をカメラ越しに見てニヤニヤしているようで、気持ち悪かった。

カメラで姿を見た以上、誰か家の者、例の家政婦か誰かが出て来るのだろうと待っていたが一向出てくる様子もなかった。

門だけはなぜか洋風で鉄格子だった。格子の向こうの敷地には、西洋の騎士の甲冑のような、何の積もりで置いてあるのか分からない、悪趣味なモニュメントが置かれている。さらにその向こうには大きな松の木が植えられているという風に、すべて何処からか有り合わせの物を持ってきて、とくに配置など考えもせず、そこに置いてみたという風にさえ見えた。それほど統一感の無い印象を受けた。強いて言えば悪趣味と成金趣味で統一されていた訳だが、松の木も植木もすべて、奇妙なほど綺麗に整えられているのである。

我々二人、何となく豪邸の雰囲気からして、これは変な感じだ、島田家はどうも普通じゃないなと感づきはじめたのだったが、他にこれほどの豪邸を目の当たりにしたことなど無かっただけに、金持ちとはこんなものかと首を傾げるばかりで、そこから何をすれば良いのか皆目見当がつかぬのだった。

するとまたキュイーンと音を立てて監視カメラがこちらを向いた。今度は明らかに、

「見ているぞ」

という意思が感じられる。野口と俺が試しにカメラの死角に行こうとすると、

「君たち、死角なんて無いよ」

とばかり、ぐるぐるカメラは三百六十度も首を回すではないか。訪問客があると知りながら出て来る気がないのは明白で、石でも投げつけカメラのレンズを割ってやろうかと、ふと思ったが、あとで弁償となった時の事を考えると、情けないが、末恐ろしくなって、摑んだ

砂利もポイとそこらに投げ捨てた。

「どうする」

「どうしよう」

「塀よじ登るか」

「なんか鳴りそうちゃう」

「そやけど、ここまで来たんやし」

「でもなんか鳴るで、絶対」

「鳴ったってかまへんがな、逃げたら」

「そうやな、嫌がらせに鳴らしたろか」

「おう鳴らしたろうぜ」

「ほなら、先行け」

「お前が先行け」

「いやお前が行け」

と言ってる間に、車のエンジン音が近くに来るのが聞こえてきた。それもかなりの低速で、スーッと現れたのは、パトカーだった。泡を食って逃げ出そうとは思わなかった。なぜと言って、同級生の家に来ただけのこと、まだ夜の十時も過ぎていないのだから、補導される謂れもない。

パトカーからは同時に三人もの警官が降りてきた。

「何してるんや、人の家の前で」

一番若造の警官が言いながら、胸ポケットからペンを取り出して、得意のメモ書きのためのボードを小脇に抱えながら歩いて来る。謂れもないのにもう補導されるような気になり身構えるのだから不思議だった。

「友達の家やねん」

「そうそう、ちょっと様子見に来てん」

すると警官はいかにも犯罪者を見る目つきでジロジロ俺と野口を見やがるのだった。

「友達の家やったら、なんで開けてもらわれへんねや、おかしいやないか。お前ら、何か悪《いた》戯《ずら》しよう思うてたんやろ、え、どや」

野口はもうすっかり頭に来ていた。

「違うわ、勝手なこと吐《ぬ》かすな」

「コラ、誰にそんな口利いてるんじゃ」

「誰にって、お前らにやんけ」

「お前らやと?」

それまで黙っていた中堅どころに見える警官がぐいぐい野口に迫った。

「お前らやと?」

もう一度聞くその声の抑揚に、激しい憎悪の念がこもっているように思われた。

「とりあえず、パトカー乗れ」

「嫌や」

「嫌やったらしゃあないな。親に連絡せなあかんな」

「おう連絡したらええやんけ」

「おう連絡したろ。住所と電話番号」

若造がメモ用紙に書きつける準備をした。

「なんでそんなこと教えなあかんねん。俺ら道におっただけやろうが」

野口は強気に言うのだった。

「道？　どこがや。他人《ひと》様の敷地に勝手に入ったら、お前ら不法侵入やぞ」

「入ってへんやんけ」

そこで一番年長の中年警官が口を開いた。

「あんなお前ら、此処らは一帯、島田さんところの土地なんや。もう十分、私有地に立ち入っとるんや。な、分かったか。門の向こうだけが島田さんの家と違うんやで」

言われて俺も野口も驚愕した。嘘だと思ったが、警官たちの様子を見ていると、本当らしかった。門の向こうもこちら側も、すべて島田家の私有地なのだった。そこで、あのボケ、通報したなと知れた。

十二

島田の処遇については二学期が始まってから決めようと、しかしまさか島田がそのまま姿をくらますとは思っていなかった。はじめのうちこそ、来れば全員敵なのだから、ずる休みも止むなし、そのうち諦めて出て来るだろうと考え、あまり気を回さなかったが、九月の半ばを過ぎても全然学校に出てこないところを見ると、いよいよ登校拒否であることが、疑いのない事実となった。

そんな意気地なしを、わざわざ大切な青春のひと時を潰してまで追い込むには及ばぬ。出て来れないところを見ると、随分応えたのには違いなく、俺と野口の自尊心も癒えて、島田はやがて忘却されるに至った。

十月になり、島田の存在もすっかり無に帰した頃、麻結は俺と復縁したいと願い出てきた。俺はすっかり懲りていたので、身も蓋もない言い方をすれば、麻結の体だけは相変わらず欲しくてたまらず、官能が疼いたが、遂に麻結の誘惑には乗らなかった。考えてみれば麻結と復縁したとて、島田の二枚舌がすべて悪夢の原因だったのだから、悪くもなかったのだが、やはり俺のあとすぐ、たとえ唆されたとしても、あの島田に身を任せたと知っている以上、少々官能が疼く程度では麻結との復縁など願い下げだった。

第一、その頃にはもう俺は以前にも増して、千尋に執心していたのである。

千尋というのは小学校の頃から同じ組になることが多く、白い肌と大きな目は、年々、大人びて、その美貌故に多くの男どもから熱烈に恋され続けて来た。子供の頃からバレエダンスを習って、その為に蟹股《がにまた》で歩く癖がついていたのが玉に瑕《きず》だったが、バレエという何となく高貴な響きと、体育の授業で垣間見せる軟らかい体つきは、蟹股歩きぐらいの欠点は楽に覆えるほど魅力的なのだった。しかもいつもツンとしていて、同年代の男など平気で子供扱いする態度は、なんぼでもいるほかの女とは俄然一線を画している。それだけに同級の女子からの反感も多分に買っていたが、それもすべて千尋への憧憬が嫉妬へと変化していただけの事だろう。

千尋はバレエを教えてくれる二十歳過ぎの指導者に首ったけらしかった。ぞっこん惚れているという噂だった。まさか俺がバレエを習ってその指導者の向こうを張るわけにもいかないので、ただただ指導者の病死あるいは事故死を願うばかりであった。別に死んでくれなくても、未成年者との淫行条例違反で書類送検されるとか、飲酒運転の上ひき逃げをして交通刑務所にブチ込まれてしまうとか、そんなロクでもないことを四六時中、呪うように妄想していたものだ。俺ばかりでない。多くの同窓たちがそういう指導者にとっては不幸以外の何物でもないことを心から願っていたのである。なかには、大勢で呪えば、ひょっとすると得体の知れぬ念力のようなものが結集し、指導者が転落するよう超自然が働きかけるのではないかと、本気で考える者もあった。そんな原始人の一人が俺だった。ところが現実には全然、そんなことは起こり得ないのである。当たり前であるが恋に狂った人間には、念力のほうがあって当たり前に思えてくるのだから不思議なものだ。

俺は千尋に何とか振り向いてもらいたいと腐心し、卒業までの数ヵ月の間に、実際に千尋と二人きりで遊んだこともある。そんな恋模様はこの手記の趣旨とそれほど深く関係しない為、割愛したいのだが、自慢話も少しぐらいは良いかも知れぬし、その後千尋とは長らく友人関係にあった訳だから、まったくの趣旨外れではないのだとこじつけておこう。

どういう風に千尋に取り入ったのかといえば、まずはこんな風にだった。

音楽教師の若森《わかもり》というのが居た。やけに歯並びの悪い三十代前半の女教師であった。黙っていれば平均点の容貌だった事もあり、ある日ふざけて、大人になったら結婚してくれよ先生と、廊下ですれ違いざまに言ったのをきっかけに、若森は俺を可愛いやつと気に入ったのだろう、授業の終わりにはいつも、最近俺がどんな音楽を聴いてるのかと尋ねてくるようになった。その頃の流行りはメロコアで、若森も歳に似合わずメロコアをよく聴いていたらしかったが、俺はあの甘ったるい雰囲気がどうしても好きになれず、もっぱら、黒人のラップを聴いていた。野口がその辺の音楽に明るかったこともあり、いちいちアーティストの名前は挙げないが、たとえば米国で射殺された2パックなど、野口に借りたCDには訳詞も載っていて、顔に似合わず素敵なことを歌うじゃないかと好きだった。そんな話をすれば、若森は是非そのCDを貸してくれと言うし、俺も若森からお薦めのCDを借りるなどして、何となく教師と生徒というよりは近所の姉さんのようだったのだ。

俺はまずこの若森に俺の切実な恋の悩みを打ち明けた。どうやら千尋の関心事はバレエにしか無いらしい。ところが俺はバレエのことなど何一つ知らない。衣装を見ればバレエだと分かるが、一体あれが何を意味し、何を表現しているのか全然知らない。そこで、放課後の十分程度の即席授業で良いから、バレエというものを教えてくれと頼んだのである。まともに勉強もしないくせに、こういう時だけは真剣になるのだなと、そんな嫌味は一切口にせず、二つ返事で協力を承知してくれた。おまけに、俺が進んでバレエについて教えを請うたと職員室で広まっては、どうかすると千尋の耳に及ぶかも知れない。だからこの事はくれぐれも内緒にしてくれと頼むと、これもまたあっさり承知し、しかし放課後にここそこ会っていては逆に怪しまれるからと、俺の音楽の授業への態度がひどすぎるとわざわざ因縁をつけた体裁で、要するに居残りさせられているという風にして、俺も周囲には、

「CD貸してくれへんようなったら困るしな、まぁ、ちょっと行ってくるわ」

そうして講義がはじまった。細かい踊りの所作については後回しで、とにかく有名な曲のメロディさえ覚えておけば役に立つ筈と、どうしてあれほど若森が尽力してくれたのかは分

からないが、一つには、そんな青春の舞台に脇役であっても登場しておけば、若返りの効果があるとでも思っていたのかな。

そのうち飽きてきて、どうせなら千尋にも因縁をつけて二人居残りにしてくれや、そのほうが手っ取り早いでと言うと、さすがにそれはと、渋い顔をしてみせる若森だった。

そうして「くるみ割り人形」や「白鳥の湖」の粗筋ぐらいは覚えたし、曲がかかればそれが「くるみ」か「白鳥」か、それぐらいの違いは分かるようになった。他にも色々覚え込んでいたのだが、思い出せないのはバレエなど露ほども興味がないからだ。俺が興味のあるのは千尋だった。

俺がまさかバレエの知識をたとえ齧った程度でも知っているとは、千尋からすれば不思議でならなかったに違いない。ある日の授業で、これはまぁ半分、若森も共犯だが、バレエ音楽の授業となった。そこで色々、有名な楽曲をかけるのだ。そこですぐさま知ったかぶりでは芸が無さすぎると、わざわざ授業が終わって皆が音楽室から出て行くのを見届けて、勿論千尋がまだ音楽室に居ることは横目で確認しながら、

「なぁ先生、バレエの授業やったら『くるみ割り人形』ぐらい教えな意味ないんと違うか。生半可に教えられたら却って興味持たれへんで、ええんかそんなんで、俺はええけど、もうちょっと皆んなが興味持つように教えなあかんで」

それで忽ち、千尋が心を許すとは、そこまで俺も甘く考えてはいなかったが、あくまで俺

は若森のほうを見たままで、千尋のほうなどチラリとも振り向きもしなかったから、バレエに身を捧げる千尋のことだ、会話に加わっていない自分が不甲斐なく感じたことだろう。

こうして書いてみると、魂胆見え見え、いかにも思慮の浅い戦術であったが、こんなつまらない些事を取り上げてわざわざ手記に書く気になったのは、この時期、島田のことなど毛頭忘れて、結構充実していたということを強調しておきたかったのだ。俺の生涯で、真の意味で幸福だったのはこの時期だけだったと思うと、悲しいけれど、そうなのである。

逮捕されてからの俺は手当たり次第に本を読み漁った。そこで今、思い出されるのはショーペンハウエルが書いていた、忘却の錯覚論だ。過ぎし日の思い出は、どんなことでも一段と美しく思えるものだと、なぜそんな錯覚が起こるのかを説いていた。しかし俺の人生にこの考え方はどうにも当て嵌らぬ。なぜと言って、生涯を振り返って、薔薇《ばら》色（それがどんな色か全然知らないが）に彩られたなどと表現できるのは、千尋とのほんの短い交際期間だけなのだから。

時には、一瞬間だけ、薔薇色の光線に包まれた日や時も無いことはない。だがどんな薔薇色の日や時も、煌めく流星のように俺の生涯を通り過ぎていくばかりで、それを捕まえることは叶わないのだった。

流星のようではなく、いつでも見上げればそこに在る、月や星座のように不動の幸福。そんな物も終ぞ俺の生涯には無縁だった。

星が輝いてくれるのならばと、目標なり夢なりをたらふく搭載した衛星を打ち上げ、その存在によって自らを鼓舞し、勇気づける、他の努力する人々のようには、生きる事はできなかった。

俺の生涯で、唯一、打ち上げた衛星は、千尋との婚約だったが、それは軌道に乗る前に、いやそれよりも以前に、大気圏を出る前には、既に爆発炎上する運命にあったのである。運命……俺はこれを激しく呪う！

俺はまんまと千尋の気を惹くことに成功した。音楽室でにわかバレエ通ぶりを得意の顔で披瀝《ひれき》し、どうだ千尋よと浅知恵の自信に駆り立てられた俺の涙ぐましい努力の数々を、もう少し書かせてくれ。

手紙。そうだ手紙を書いた。俺は手紙で、救いようのない不良野郎の心にもバレエを理解できる美しい心があるのだと書いた。これは千尋の机の中に滑りこませておいた。彼女は手紙に気がつくと、その場でカバンの奥深くに突っ込んで何気ない風であったが、家に帰って読んでくれるのだなと俺は密かに喜んだものだった。ところがいくら待っても返事の手紙が来ない。机にも下駄箱にも返事の手紙は来なかった。俺は自分の手提げ鞄をわざと大きく口を開けて机の上に置き放し、どうぞここへ入れておくれやすと毎日無言の圧力までかけたが無駄だった。

一通目からしくじった。

俺は前回の手紙に何を書いたのか、頭を絞って思い出そうとしたが、美しい心があるのだという件以外には何を書いたのか思い出せず、思わず赤面した。美しい心……何だ、それは。

二通目は、前回の手紙の詫びからはじめた。断わりもなく手紙を机に滑り込ませたことを反省している。君の落ち着いた、澄み切った心を乱す真似をしたのは怪しからん暴走でした。美しい心云々は、冗談の積もりで書いたんです。あれを本気だと思われては恥ずかしいよ。本当はバレエのことなど何一つ知っちゃいない。実は一ヵ月も前から、音楽教師に頼み込んで、受験勉強そっちのけでバレエの知識をにわか仕込みで詰め込んできたが、それもすべて何の為か分かりますか……すべては君の為です。

そんな旨をもっと長々と書き綴って、前回同様、机の中に滑り込ませておいた。俺は今か今かと千尋の動向を窺っていた。千尋は、手紙に気がつくと、ちらりとこちらを見た。俺は恥ずかしさのあまり、たまたま目の前に居た教師に因縁をつけて、早くも耳たぶまで赤くなりつつある赤面を誤魔化《ごまか》そうと、しかし何も因縁をつけられるようなことを教師はしていないのだから、困って、もう自棄《やけ》くその気持ちで、

「お前クソしたらケツ拭けや、うんこ臭いんじゃ、うんこ野郎！」

と喚き散らしてさっさと教室を飛び出し、

「お前、何を訳の分からんことを！」

と怒り猛った教師と追いかけっこを演じた。走りながら、千尋に嫌われたと思った。バレエだ何だと上品ぶった淑女の前で、言うに事欠きうんこ野郎とは、いかにも下賤の身らしい品の無さだ。そんな言葉選びでは低脳丸出しでユーモアのセンスさえ危ぶまれる。どうせ罵るなら、共産思想の臭いがするぞアカ野郎とでも言っておけば良かったと、その日俺はもう悪友仲間と会う気も失せて、一人で家路へ急いで不貞寝《ふてね》した。

夜中に目を覚ますと、どうせ返事は来ないのだ、それなら千尋が呆れるほど手紙を書いてやる、どしどし手紙を書いてやれば、受け取る方も面倒臭くなって、飽きずに手紙を送りつけてくる俺を大人しくさせようと、動機はどうあれ返事を書く気にもなるだろう。

そうして手紙を何通も書いたが、夜が明けてみるとそんな病的な手紙のせいで本格的に嫌われてしまうのが惜しく、落ち着いて千尋の出方を見ようと思うのだった。

しかし一週間待っても、返事は来なかった。それどころか目も合わせてくれぬ有り様で、狼狽し切った俺は懲りずに三通目の手紙を机の中に滑り込ませた。

どうして返事を呉れないのですか。もう手紙は寄越すな死ねと一言、書いてくれれば俺も諦めがつきます。こんな宙ぶらりんな状態では夜も満足に眠れやしません。このままでは不眠症が祟って何をしでかすやら分かったものじゃありませんよ。学校では俺と目も合わせてくれないし。手紙を受け取れば返事を書く、たとえ一言でも返事を書くのが人間社会というものです。このまま俺を人間扱いする気が無いならそれでも結構です。俺は人間らしく振舞ってみせるだけだ。人間らしく、いいですか、人間らしくですよ。獣じゃない、人間なんです。俺は人間なんです。貴女はバレエの世界でぬくぬく暮らして人間の男というものを知らないのでしょう。あんまり人間を馬鹿にしてると後悔しますよ。

そんな支離滅裂な脅迫めいた内容だった。当然、返信は来なかったが、この三通目を境に千尋は再び俺と目を合わせてくれるようになった。ところが、いつも俺のほうから目を逸らしたので、彼女は少し困惑している様子だった。彼女の瞳に、不安の色がありありと見て取れた。少し、脅かしが過ぎたかも知れない、悪いと思った俺は、矢継ぎ早に四通目を滑り込ませた。

前回の手紙に驚いたようですね。驚かせたなら謝ります。俺をそんな目で見るのはもう止してください。見るならもっと優しい目で見てください。貴女の目はまるで、悪党を蔑んで見ているようだ。そんな目で見られた俺はいつでも己を恥じてしまうのです。たしかに俺は、己を恥じて然るべき恥ずかしい奴かも知れない。勉強もできないし。まさかバレエも踊れません。ピアノもバイオリンも弾けやしませんよ。しかしだからと言って俺は貴女に恋する資格は無いんでしょうか。恋というものが何なのか、俺はよく知りません。貴女は恋を知っていらっしゃる？　そりゃそうですね。恋も知らずにバレエが踊れる訳がありませんからね。え、知らない？　まさか、そんな筈はないでしょう。恋も知らずにバレエとは、ど素人の俺からしても不思議です。知っていると言うのですか。言うつもりなんですか！　だったら恋する人間の悩みというものを、もう少し同情的に扱ってみてはいかがです。腑に落ちないのは、なぜ恋というものを知りながら、返事の手紙ひとつ書いてくれないのか……。好きです。

一方的に会話するかのように書いたところなど、我ながら上出来だと思って、今度ばかりは返事が来るものと期待したが、結局、その後十三通にも及ぶ手紙を書かねばならなかった。卒業式を間近に控えた二月の半ば、俺は毎日一通書いては、机の中に滑り込ませていたが、とうとう通算十七通目に至って、返事が来たのである！　それはここに入れておくれやすと開けっ放した鞄の中に入っており、淑女らしく綺麗な封筒、それも俺のような茶封筒ではなく、真っ白で横向きに開けることのできる、いかにも女の好みそうな幾何学模様の装飾が美しい封筒、それを俺は一目散に、家に持ち帰って開けて見た。

もういい加減、手紙を書くのは諦めてください。受験勉強をがんばってください。私も、がんばります。貴方も、がんばって。

それだけ書かれていた。貴方も、がんばって、という最後の一文だけを何度も何度も、読み返した。よしがんばります。けれど受験ではなく、貴女に振り向いてもらえるように努力します。だから手紙はこれからも書きますよ、と翌日には十八通目の手紙を机の中に滑り込ませておいた。

今度はすぐに返事が来た。

何を期待しようと、それは貴方の自由ですが……私は受験勉強と、貴方もお好きなバレエのレッスンで忙しいです。手紙の処分に困っています。これ以上、困らせないで。

十九通目の手紙を書いた。

俺の手紙はゴミ箱に突っ込んで、どうぞバレエのお稽古に受験勉強にとがんばって下さい。陰ながら応援しています。明日も手紙を机の中に入れておくのでよろしく。

今度もまたすぐに返事が来た。

陰ながら、と言うのであれば、どうぞこれ以上手紙を書くのはやめてください。貴方は私が困るのを楽しんでいます。私はもう、貴方の手紙で一杯になった机の引き出しを見る度に困ってしまいます。今、その机でこの手紙を書いています。どんな手紙であっても、ゴミ箱に捨てるなどという事は私にはできません。このままでは、貴方の手紙が引き出しから溢れてしまいます……困らせないで。

こうなるとどんな内容でも、やりとりすること自体が嬉しくて嬉しくて、俺は二十通目の手紙を殆ど満面の笑みにて認《したた》めた。するとまた同じような返事が来る。俺は彼女が、困っている困っていると書いてはいても、満更でも無いなという気がしていた。ここは勝負してみるつもりで、俺は一気呵成に二十一通目の手紙を書いた。

千尋さん。卒業まで、もう残すところ、三週間もありません。貴女の受験勉強は、如何ですか。俺はもう諦めています。俺は受験なんかより、もっともっと重要なことが目前にあるのです。分かりますか。貴女の存在ですよ。貴女の存在……それは俺にとって、どんな将来よりも未来よりも重要なのです。貴女の存在……それは俺にとって、太陽のようなものだ。太陽はいつでも燃えています。曇り空の日、土砂降りの雨の日、そんな時でも、雲の上では太陽は永久に燃え続けています。貴女の存在も、たとえ目にしていない今この手紙を書いているこの瞬間も、太陽の如く燃えているのです。燃えているのを、僕は感じるのです。貴女が生きている。それを僕は激しく感じています。貴女の生命を、僕は感じているのです。本当に貴女は太陽のようです。すっかり僕の心を焼き尽くした。もう何を言っても、焼け石に水というものですよ。僕はたとえ貴女に右の頰へ平手打ちを食らわされても、左の頰を差し出す覚悟です。分かりますか、この気持ち、貴女はそんな気持ちになった事がありますか。もう何もかもすべて、風が吹くのも鳥のさえずりも、雨が降るのも隕石が降ってくるのも、こうして地球が廻るのも、すべては一人の人間の為なのです。それは俺一人の為じゃない。貴女一人の為に、すべて自然の営みは行われているのですよ。俺は貴女を好きになるまで、なぜ昼のあとに夜が来るのか知らなかった。それは貴女の手紙を二十四時間も待っていられないから、果報は寝て待てと神様が夜にしてくれるのです。貴女を好きになるまで、僕はなぜ戦争があるのか知らなかった。それは貴女の住む家を守るためでした。貴女の愛する家族を守るためでした。この世のすべて、地上に現在ある物もまた無い物も、自分の愛するたった一人の人間の為に存在していた。それを知って僕は幸福になりました。なぜなら、貴女がこの世に生きる限り、僕は決して不幸にはならないと知ったからです。もう何もかもすべて打ち明けますよ。僕は好きなんです。貴女のことを愛しています。貴女の心も体もすべて欲しいのです。けれど一番欲しいのは心でも体でもない。貴女の瞳です。貴女の瞳……貴女の輝きが一番素晴らしい。貴女の瞳を見れば、貴女の魂がどれほど美しく清らかであるか、僕には分かる気がします。貴女がこの世に存在するという証拠なら、どんな物でも喜んで集めて、僕はそれを宝物にします。わかってくれますか。僕の本当の気持ちを。もしほんの少しでもわかってくれるのなら、どうかお願いですから、次の返事に、どこに行けば貴女と会えるか、何時に家を出れば貴女と偶然出会うことができるのか、書いて報せてください。僕のような阿呆と会っていると世間に知れるのは、貴女にとっては損だということ、それぐらい僕にも分かっています。

一人称の俺という字を、後半になるにつれて次第に僕という字にしたのは、計算の上でのことだ。そのほうが切実な感じがして、千尋の心に響くと思ったのである。一気呵成に書きながら、そういう計算だけはしていた。

俺は自分の書いたものを一度も読み返さずに千尋の机の中に滑り込ませた。一度でも読み返せば、恥ずかしさのあまり勇気を失ってしまうと思ったのだ。

返事が来た。

土曜日の夕方五時過ぎ、東町二丁目にある「倉本ビル」の駐車場に来てください。でも勘違いしないでね。少し会ってお話ししましょう。千尋より。

手紙の結びに千尋よりと書かれていたのは初めてのことだった。俺は有頂天になった。

さて土曜日の夕方、俺は四時過ぎには東町二丁目界隈に着いていた。早く着きすぎたとは思いながらも、遅れて機を逃すよりは良いと自分に言い聞かせ、胸の動悸に息弾ませて「倉本ビル」の駐車場の隅に座って待っていた。「倉本ビル」は一階部分が駐車場になっており、奥のほうは暗かった。千尋がこの場所を選んだのは、やはり誰にも見られたくないからなのだなと、少し残念でもあった。

千尋は五時丁度に姿を見せた。彼女の私服姿は、小学校以来見ていなかったので、その美しさに思わず見惚れてしまった。彼女は、とても品の良い趣の服装だった。冬なのに、あまり着込んでいるように見えなかった。

俺が照れながら姿を見せると、千尋は学校では見せたことのない笑顔で、

「ほんまに、どんならん人やなぁ」

と言った。思わず年寄りめいた言葉をかけられ、俺は益々動揺したが、それでも、男らしくしなくちゃと気合一発、

「どんならんのはお前のほうじゃ！」

と怒鳴ってやった。それを聞いて千尋は、本当に大きな声で笑った。

「手紙と同じ人とは思えへんわ。あんな手紙書いてた癖に、会うたらいきなり、お前呼ばわ

りするんやから、おかしい人やな」

「ごめん恥ずかしくて。それに、ほんまに来てくれるんやろかと思うて、もう一時間もそこに座ってたから、ついつい大声出してしもた。ごめんやった……」

「一時間も前に来てたの？」

「いや……まぁ俺は、暇人やからな」

千尋は鞄から俺の書いた手紙の束を取り出して見せた。輪ゴムで丁寧に束にしてくれてあるのが、嬉しかった。

「持ってきたよ手紙の束、これ見て！」

「ほんまに捨てやんと残してくれたんやな……ありがとう」

「うん。やっぱり、手紙は、捨てられへんよ。それもこんな手紙……」

「ごめん、頭おかしくなってたわ。でも、そこに書いたことは、ほんまの気持やねん」

「学校で話しかけてくれたらええのに」

「ええのにって……えらい簡単に言うてくれるけど、迷惑かなと思ってん」

「なんで迷惑なん。毎日手紙渡されるほうが迷惑やとは思わへんの」

「そやけど教室ん中で、あんな恥ずかしいことよう言えへんし……」

「え？　どの部分が恥ずかしいの？」

そう言って手紙を開けようとするのを俺は無理に押し止めた。

「ええねん、ええねん、そんな手紙はもうええねん」

焦るあまり彼女の手まで摑んでいたことに気付き、慌てて手を離し、
そう呟いて、俺は突然、彼女の目もまともには見られない程に恥ずかしくなった。

「あ、ごめん」

「座って話そっか」

「……うん」

まったくもって腑抜けになった俺は彼女に言われるがまま、駐車場の奥へ行って、塀の縁に腰かけた。彼女も腰かけた。

「馬鹿にしてる訳違うから、私の言うことちゃんと聞いてな」

それで、あぁ俺の幸福の絶頂もこれまでだと諦めた。優しい千尋は俺を気遣い、こんな至近距離で「諦めて」と言うために、わざわざ来てくれたのだ……残念だが仕方がないよ。所詮、たわけの叶わぬ恋だもの。

ところが千尋は「諦めて」とは言わず、俺の書いた手紙には意味不明な箇所が多いから、それが一体どういう意味で書いたのか、気になって仕方がなかった、是非教えて欲しいと言うのである。俺はたとえ一秒でも長く、千尋の側にいたかったので、無論、何でも聞かれたことには答えるという姿勢で、思い出したくもない手紙の朗読を黙って聞く羽目になった。

「ここが意味わからへんねんけど……」

言われてみれば、書いた当人の俺ですら、難解至極な手紙の数々である。主語が無いために意味の判然としない文章をはじめ、よくここまで混乱した手紙を書いたものだと、自分でも呆れる程だった。

「そこはなァ……フィーリングで書いてたから、ちょっと」

「フィーリングで？」

「そうそう。手紙はフィーリングが一番大事やと思ったから。思いつくまま書いた」

そうして千尋は最後の手紙を取り出した。それは一度も読み返さずに出した手紙なだけに、まったく読めたものではなかった。我ながら読み返して、これはひどいと思った。

「ごめん、これはフィーリングどころか、もう、なんちうか、思いつくまま言葉が浮かぶままに書いたもんやから。自分で言うのも何やけど、これはヒドいね。ごめん」

「私、この手紙がいちばん嬉しかった」

「なんで？」

「なんでって言われても、うまく言えへんけど。私のことほんまに想ってくれてるんやなって、この手紙読んで分かったよ」

俺は泣きたいほど嬉しくなって、

「そうか、そうやったんか……それで、千尋ちゃんは、俺のことどう思ってんの」

言って、しまったと後悔した。先を急いだ己を呪った。

「どう思うって言われたら、なんて言うたら良いんやろ……」

「なんとでも言うてくれてええから」

「どう思うって言われても、まだ全然、お互いのこと知らないでしょ？」

「たしかに。俺も千尋ちゃんのこと、全然知らんわ……ほんまに……知らんわ！」

「そうやろォ。そやから手紙読んでちょっとおかしかってん。私のこと、何知ってるんやろこの人思て。私かって知らんもん。知らんのにどう思うも何もないやろ？」

「そやけどもう卒業やからな……卒業しても、こうやって会うてくれる気はある？」

「しゃあないなァ！　会うてあげるわ」

「ほんまに！」

「その代わり、もう手紙はやめてな」

「わかった。やめる」

「手紙で書くことは、会った時に直接言うてくれたらええやんか」

「直接言うのは恥ずかしいけど、会うてくれるんやったら、そうするわ」

「うん。そうしてね」

「今から忙しい？」

「レッスンやねん。ごめんね」

「そうか。いや、俺のほうこそごめんやで。わざわざ会うてくれてありがとう。バレエ、がんばってな」

「ありがとう。これ、手紙。返事は要らんからね、返事は、直接聞くから」

彼女は手紙を呉れた。またあの綺麗な白い封筒に入っていた。

「ありがとう。めっちゃ嬉しいわ……」

俺は受け取った封筒を眺めながら言った。

「じゃ、遅刻したらあかんから、もう私は行くね」

「うん。じゃ、また……」

「また、な!」

彼女は明るく笑顔で去って行った。俺は駐車場にひとり残って、すぐに封筒を開けると貪るように内容を読んだ。読み終えた時には涙で頬を濡らしていた。生まれて初めて、嬉しさのあまり流した涙だ。悲しさの時に湧き溢れてくる涙とは、似ても似つかぬ気持ちの良い涙だった。それは涙というより、生命の水と言った方がより正確で、悲しくて泣く時はいつでも目に入るのは自分の履いている靴か、靴を脱いでいる時には足の指だったが、嬉し涙となると、涙で頬は濡れていても口元は緩み切っており、目に入るものと言えば、靴でも靴紐でもなく、天井に備えつけられた蛍光灯だった。蛍光灯には蜘蛛の巣が張って汚れていた。だが汚れているとは思わず、蜘蛛の巣が張ってやがるなあと思っただけだ。

俺に嬉し涙を流させた手紙とは、ざっと、こんな風であった。

私も、貴方が書いてくれた手紙、宝物にするよ。本当に本当に、素敵な手紙をありがとう。（ここまで読んで涙腺緩み）最後にもらった手紙を読んだ時、私は泣きました。こんなにも私のことを想ってくれる人が居ると知って、嬉しくて泣いたのです。でも勘違いしないでね。私たちは、友達です。良い友達になりましょうね（ここで号泣した）。

手紙の結びには、携帯電話の番号が載っていた。その頃、ようやく中学生でも、ぼつぼつ携帯電話を持つようになっていたのだ。

その日、東町から我が家までの道のりは、何とも素晴らしいものだった。道行く車の、テールランプの煌々とした灯りが、俺の目には大変美しく感じられた。今日この日の為に俺は生まれてきたのだ。本気でそう思った。わざわざ遠回りして、三十分もあれば帰れるところを二時間もかけて帰ったのだった。俺は帰るなり自室に急いで、手紙を読み返し、また嬉し涙が流れるのを期待した。が、涙は湧いてこなかった。それよりも気分が高揚して、鼻歌まじりに口笛を吹きながら、雑誌や漫画本で散らかった部屋を片付けた。体を動かさなくては、たまらないほど、気分が高揚して治まらなかった。あまりに興奮して神経が休まらぬので、食欲も湧かず、あれよあれよと部屋もすっかり片付けてしまい、風呂に浸かってようやく眠気を催した。すると忽ち食欲も湧いてきた。

我が生涯で最良の日。

そう思いながら俺は眠ろうとした。

だが眠れなかった。

千尋とのほんの短い間のことを、ありありと目に浮かべ思い出しては、ほくそ笑み、ベッドの上をゴロゴロといつまでも転がっているのであった。俺は心底、惚れていたのだ。

十三

その頃、父母がどのような状況にあったかを書いておこう。

父は新しい商売に目をつけた。他に幾らでも商売はあっただろうに、よりにもよって、自分たちを窮地に追い込んだコンビニエンスストア経営をやる気になったと知って、俺は驚いた、と同時に、商売人の図太さとはこういうものかと感心もした。

コンビニ経営に関する本を買い込んだ父はそれらを付箋だらけにすると、間もなく、一冊の大学ノートを本の抜粋で埋め尽くした。先立つものさえあればコンビニ経営に乗り出せると、大手チェーンの傘下に加わる肚で、早速父は資本金集めに奔走した。我が家にはまとまった金などある筈がない。それでも、父の再起の軍資金にしてくれと、母はへそくりを出してきて、無論それは端金《はしたがね》ではあったが、父の意気込みはいよいよ高まって行ったのである。

コンビニ経営こそ我が家の再興の礎になると、勿体ぶって演説する父が誇らしかったのか、母の微笑みはその頃絶えなかった。

俺は俺で、千尋と「良い友達」になるべく毎日電話をしていた。彼女はいつでも、俺の電話に出てくれた。

中学を卒業すれば、お定まりの高校生活が待っている。受験勉強など一秒たりともしてやるものかと、意味不明に突っ張り通したが為に、県内でも有数の落ちこぼれが集まるZ高に、進学する運びとなった。

千尋は淑女らしく、頭の良い連中ばかりが集まるR高に進学した。

母にも父にも高校だけは出ておけと、口酸っぱく言われ続け、そうか高校ぐらいは出とかなあかんのかと、Z高を受験してみると、試験も何も無く、いや有るには有ったが、逆にこちらが恥ずかしくなる程の低レベルな試験で肩透かしを食らった。私立なのだから所詮はビジネスだ。滅多矢鱈に篩《ふるい》にかけては経営難に陥る事必至。そんなカラクリを見抜く程には俺も世間を知らぬから、こんな試験なら楽勝だと高を括って、というよりは寧ろ、勉強もせずにどんどん問題を解いていける自分に自惚《うぬぼ》れさえしていたのだが、やがて来る数学の試験では、殆ど白紙で出すより仕方がなかった。その時はじめて己が無知だということに気がついた。

どいつもこいつもアホ面ばかりと居並ぶ受験生たちを見て随分高飛車に構えていたものだ

ったが、数学に至っては俺が誰よりも早く解答に詰まった様子で、一番目に鉛筆を置いて白旗揚げては何となく悔しいからと、百年かかっても解けそうにない、呼び方も知らぬ記号と記号の組み合わせを睨みっ放し、たまには何やら書きつける振りまでして、何をあんなに取り繕っていたのか分からないが、とにかく俺の受験はそんな風だった。

結局、Z高には悪友仲間が皆んな漂着し、クソ面白くもない高校生活にも救いはあったと喜んだのも束の間、真っ先に野口が退学を命じられた。野口は、ある日呼び出された校長室の灰皿を校長めがけてぶん投げ、即刻その場で退学を言い渡されたのである。

他の悪友仲間も、入学後三月もせぬうちからどんどん辞めて行ってしまった。

高校は違っても千尋とは連絡を取り続け、たまには会ってデートのようなこともしていたが、会う度に、

「自棄になって、高校諦めたらあかんよ」

と言われていたから、俺も校長室に呼び出される度、自棄を起こして灰皿をぶん投げそうになった事は幾らもあったが、あかん、高校諦めたらあかんと己に言い聞かせ、忍ぶに耐えない校長や教師の能書き垂れを黙って聞いていたのである。口を揃えてご縁だ感謝だと、それが奴らの御神体のようだった。

自分が生きているのではない。ご縁によって生かされているのだ。生かされているという事を認識すれば、自ずと感謝の念が湧き起こるのは必然。そうして感謝の念を忘れずに居れ

ば、勉学に励む気持ちも出てくる。だから最も大事なことは、ご縁に感謝することだ。

それが奴らの得意の口上であった。ご縁だ感謝だと悟り切った態度が俺には益々気に入らないのである。ご縁だ感謝だと言いながら、悪い友達とは縁を切れと、矛盾した言葉が平気で飛び出すのだから参ったね。感謝だ感謝だと馬鹿のひとつ覚えのように言っているが、そんなに偉そうに言う程の事でもないだろうに。鬼の首を取ったように言うのだから堪らないよ、有難やと思う気持ちも、そんな風に、耳にタコができるほど恩に着せられ聞かされていては、心にもタコができて嫌気が差すというもの。トイレの張り紙にさえ、ご縁だ感謝だとスローガンを掲げているのだから、反吐が出そうだった。なぜ糞をしながら感謝しなくちゃならないんだ。たしかに糞にもご縁があるよ。糞は流れる。下水を通って浄化センターへ。川を流れて海へ出る。蒸発してまた雨になって山に降る。木の根に染み滋養となって、できた蜜柑を食べるとか、言い出せば何でも結びつくという論法だから話が矛盾していても弁証法的なゴリ押しで、まるでお話にならないのだ。

ある時、また説教されて、我慢できず、俺は自分なりの考えをブチまけた。お釈迦様だって悟りを開くのに山に籠って絶食したり、いろいろやってみたのに、いろいろやってもみないうちから、どうして悟れというのか。それを悟れ悟れと言われても、無理なものは無理に決まってる。なぜそれが分からない。

奴らは言葉を詰まらせた。俺の知的な反論が意外だったらしい。端《はな》からこっちを無学の薄

馬鹿と決めてかかってやがるのだ、ふざけた奴らだ。少しでも反論されたらもう狼狽《ろうばい》してヒステリーを起こし、

「謹慎や！」

となる。こんな理性の欠片もない連中に、あごで使われて我慢できるかというのだ。

奴らはヒステリーを起こすと決まって謹慎処分を下す。そうして運動場の端っこに、穴を掘らせるのだ。登校から下校まで、昼食と細切れの休憩を除き、穴を掘り続けさせておいて、自分たちは職員室からたまに双眼鏡で見て監視の目を光らせている。何とも、いやらしい奴らだったが、その翌日がまた最低の任務を課して来やがるのだった。昨日さんざっぱら掘り返した穴を、今度はまた埋め立てろというのである。あれほど大変な思いをして掻き出した土を、今度はすべてまた元に戻すのである。こんな無力感は生まれてはじめて味わった。精神的に追い込んでくるのが義務教育だとすれば、高等学校という機関は肉体的にも精神的にも追い込んでくるのだ。底意地の悪さが体臭にまで滲み出したような嫌味な奴ばかり、よくぞこれだけ根性悪を集めてこれたなと思う顔ぶれだった。

悪友たちは次から次へと脱落したが、その訳は教師たちの意地悪にあるのだ。日頃の行いが悪いために生徒の主張は信じてもらえない、そこにつけ込んで滅茶苦茶やっているという始末に負えない悪党たちではないか。俺は当時から、入学後三ヵ月以内に学年で十六人を退学させるのは、入学金詐欺ではないかと、はっきり教師にも言ってやった事がある。教師

は、十六人の素行の悪さをいちいち記録と数値で示して来やがったので、当然、十六人は退学止む無しの事情はあるのだが、あるにせよ、もう少し何らかの救済措置があってもおかしくないものだ。入学金詐欺で、生徒の数を減らせば、当然、教師の頭数もひとり減らせる訳で、そうなれば年間数百万円の差が出る。入学金だけせしめておいて、あとは難癖つけて退学に追い込めば、一石二鳥のぼろ儲けだと、いかにも守銭奴《しゅせんど》の考えつきそうな事じゃないか。

高校生活は辟易しながらも耐えた。耐えたのは先にも書いたように千尋から言い聞かせられていたからだ。入学金詐欺にまんまと欺されるのも癪《しゃく》に障るし、辞めたところでろくな職業に就けやしないだろう。高校だけでも出ておけば、少なくともホワイトカラーを目指せるはずだ。

ホワイトカラー、それが俺の夢だった。これも千尋の入れ知恵だ。彼女はとても頭が良く、色々な本を読んでいた。読むのがまた早いのだったが、ある日、俺が高校を出ても意味なんかない、ノーフューチャーだと嘆いた時に、俺の絶望感はすべてブルーカラーの就業イメージから来ていることを指摘した。タイムカード、朝の八時から夕方十七時までの単純労働、あるいは、汗まみれになって、削り屋の隣でガラを運ぶ。少しマシなところでダンプカーに乗ってガラを運ぶ。千尋はもっと綺麗な職場を想像しろと言った。パソコンの前に座ることが主な仕事で、椅子はもし自腹を切るなら何を選んでも良いし、自腹を切らなくても、そこそこの椅子は支給される。机にも何を置いて飾ろうと自由だから、その机は紛れもなく自分専用の机になる。仕事で汗を流すといえば、移動時間の間ぐらいで、スーツもまたオシャレのし甲斐もあるし、オフィスではいつ何を飲んでも良いし、何を食べても良いし、タバコも喫煙室に行って吸えるし、もし大企業に就けば、マッサージチェアまで休憩室にある。そんなことを俺の耳に入れて、それもすべて高校卒業資格があれば叶わぬ夢ではないと約束してくれた。

そうだ。俺はこの頃はよく頑張っていたものだ。

親父もまた、頑張っていた。

資金集めの為に方々を訪ねては、コンビニの未来を力説し、出資を募っていたのだ。訪問先の知人や友人たちの中には、コンビニに潰された弁当屋の男が、何を血迷ったかと訝る者もいたらしく、親父は発泡酒で赤らめた鼻をすすりながら、

「長いもんには巻かれろ、ちうやろがい、偉そうに言いやがって。時代の先読んで何が悪いんじゃ。間抜け。個人で商売する時代はとうに済んどんじゃ。あのボケもそのうち店畳むわ。見とけよ」

あのボケというのは、電器屋の主のことであったらしく、ボケはボケなりに考えた末、思い切って携帯電話会社のフランチャイズに便乗して代理店に衣替え、親元の会社ＣＭが全国規模で人気となり、それからは見る見るうちに百万長者、一千万長者、四千万長者と所得を

倍増させて行き、携帯電話以外にも、ヨガ教室、整骨整体、タイ古式マッサージ、理容店、漫画喫茶、ポルノショップなど、市内に次々と出店、一大帝国を築いたとは、後年、親父が死ぬ間際に打ち明けたことだ。

一方、親父の資金集めは難航していて、帝国どころか毎日の飲酒量がまた増えていく一途だったのを見れば、そうは簡単に金は集まる訳もないし、うまく捗《はかど》っていないのだと、もう十七の俺には察しはついた。

親父はなけなしの貯金、六十万を元手に、これを三倍には儲ける肚で、ある貿易商の仕入れに肩入れすることにした。親父はすっかりその儲け話に惚れ込んでいた様子だったが、詳しく説明をされても、俺も母もまるで見当がつかないのだった。

ウクライナの山中深く、そこはかつて第二次世界大戦でナチスドイツ軍とソビエト軍が戦闘を繰り広げた戦場だった。今でも山を掘り起こせばヘルメット、ナイフ、勲章、装備類、薬莢、指輪、ネックレスなどが幾らでも出土する。錆びている物、剝げて色の落ちた物でもそれなりに手入れし補修すれば、コレクターのお眼鏡にも立派に適う骨董品に仕上がるのだそうだ。親父は実際にこの発掘チームに加わる貿易商人に、出土した際には底値で三十万円分売ってもらうことを条件に、あと三十万円を出資金として、都合現金六十万円を託した。

貿易商人はウクライナに飛ぶと早速、現地のコーディネーターとも相談の上、詳細な、発掘のためのスケジュールを組み、それらの決定事項は逐一、親父のもとへファクシミリで送信していた。その翌日にはもう山登りをはじめ、夜のファクシミリでは、初の戦利品として、原形を留めない錆びた拳銃の柄一点と、やはり原形を留めぬ革製ホルスター一点が出土したことが報告されていた。

その二日後には、勲章、ナイフ、指輪など目論見通りに次々と出土、夜ファクシミリを受け取る親父は無論、上機嫌で宝探しのスポンサーという立場を楽しんでいた。さて一ヵ月の発掘で得た物は、計五百二十点にも及ぶアンティークの品々である。

コーディネーターに謝礼をしても、渡航費をさっ引いてもボロもうけになる。いくら錆びていても勲章なら数万円で売れることもあるし、利益率から考えれば、まさに「拾った」も同然だった。仮に一万円で売ったとしても五百万円になる。そう考えた親父であったが、果たして、そんな曰くつきの遺留品を五百も欲しがる者が日本にいるのか、出たとこ勝負で挑んだところ、大失敗した。

まず税関で思いの外多額の税金を徴収された。おまけに輸送費も馬鹿にならずの物入りで、挙げ句の果てには、郵送した国旗、身分証明書などが所在不明になった。まぁそれらは殆どおまけ程度の物だったにせよ、すでに五百万円稼いだ気でいる親父にとっては痛手も痛手、すっかり取り乱した。もっと悪いのは、貿易商人が先にどんどんネットオークションなどでも出品し、相場よりも安価に売っていたものだから忽ちのうちに価格崩壊、一万円で売れると睨んだ物が三千円でも売れず、自棄のやんぱちで叩き売りしたが、親父の手元に残ったのは十五万円にも満たなかった。

十五万円では豆腐屋の移動販売だって満足に開業できない。高校生でもアルバイトをしてもう少し貯金があるというものだ。

しかし親父はこの失敗に発奮して、コンビニ開業のための資金集めに、より一層の努力を注いだ。結果、親父の虎の子十五万円は、すべて接待費として消えたものの、親父の熱意に絆されて出資を承知するのがぼちぼち現れて来た。

「あと百五十や。あと百五十あったら、ええねや。何とかしやなあかん」

酒を飲みながら親父は思案に暮れていたがその時辿り着いた結論が、自己破産であった。書類上、母と離婚して、姓を戻す。元の名で借り入れるだけ借りて自己破産したあと、母と再婚して名を戻すというものだ。無論、こんなことは詐欺の手管でしかないが、間抜けな投機で大切な軍資金を失くした親父は、それを何としてでも取り返したいと焦っていたのだろう。まさかそんな詐欺を計画しているとは息子の俺には言わなかったが、たまに夜中起きだして居間に行くと、こそこそと母と二人で話し合っていたりするのを見て、何か、妙な空気は察知していた。それがまさか詐欺とは思わなかったが、何か隠し事をしているという、漠然とした直感はあったのだった。

後年、親父に聞いた話では、この計画破産でまんまと二百万円近くの金を拵え、これを軍資金にコンビニ経営に乗り出したという。

そこまでは良かった。

詐欺の計画を親父に教えたのは、佐倉元昭《さくらもとあき》という親父と同年代の男だった。

この佐倉というのが、我が家にとっては、筆舌に尽くしがたい災厄の元凶であったことは、後の章で仔細《しさい》に暴くことにしよう。

十四

島田家の生業は産業廃棄物処理場の経営であった。島田恭司の祖父、島田郁太郎《いくたろう》が敗戦日本の焦土へと焼け出されたのが十四才、島田郁太郎は裸一貫で立身出世してやると心に決めて、まだ若い身空で闇米の取引で頭角を現した。故郷の農家から米を買い付け、大阪鶴橋《つるはし》まで汽車で運び売り捌《さば》いた。食糧難の時節故に、米は闇市の商人たちに飛ぶように売れ、闇米で儲けた銭は、再び闇市で仕入れに充てて、田舎では珍しい外国煙草などを今度は故郷に持ち帰って往復一石二鳥の商いであった。そのうちに、敗戦国日本でも富裕層の贅沢三昧は相変わらずだというところに目をつけ、田舎を回って松茸《まつたけ》を買い叩き、単身上京、上野の闇市で売り捌いた。これが良い金になった。松茸の商いはその後五年間続けて、島田郁太郎は弱冠二十歳で相当な蓄えをもったが、この資本を戦後四十年かけて、時には松茸、時には株と、あらゆる手段で倍増させた手腕はさすがに叩き上げの慧眼であった。そうして膨れ上がった資本を今度は産業廃棄物処理場の設立に充てて、孫の島田恭司が生まれる頃には、産廃業だけに止まらず、貸金業、不動産業と手を広げ、島田家率いる島産グループはいよいよ市内随一の富豪となったという、この島田郁太郎の立志伝は、島田恭司が中学時代、まだ仲違いする以前に語ってくれたものである。

佐倉元昭は島田郁太郎の近縁者で、島産グループの使用人という立場の男であった。従兄弟の息子だったか兄弟の何だったか忘れたが、一族の財産にあぐらをかく怠け者だった。主に産廃業の営業担当であったらしいが、暴力団との付き合いが高じて自らも派手に暮らすことを好み、産廃業の給与だけでは満足できず、様々な裏取引に首を突っ込んでいるというような男でもあった。

親父が佐倉と連むようになったのは酒の席で何度も顔を合わせるうちに気心知れて、というありきたりのものであったそうだが、佐倉に唆されて計画破産を成功させた後だけに親父の佐倉への信頼は弥が上にも高まるばかり、何をするにも佐倉の意見を聞かねば安心できないという風でさえあったが、俺や母には佐倉ほどの相談役は滅多に見つからない、彼奴には学は無いが人脈があると、ベタ褒めに褒めた。後に、佐倉が株式会社島産の社員と知って俺は疑いの気持ちを禁じ得なかったが、親父は佐倉を信頼していた。

その頃には俺も、島産、島産といって市内では有名な大企業が島田の実家であることも知っていたし、島田の祖父は島産グループ、これは産廃業、リサイクル業、ゴミ回収業、砂利採掘業らの連合体であるが、そこの名誉会長として不動の地位を築いていることも、島田の親父、島田守《まもる》は島産グループの一翼を担う島守物産株式会社の代表取締役であり市議会議員も二期務めた有力者であることも知っていた。それればかりか島田の祖父、島田郁太郎が中国地方を席巻した広域暴力団の企業舎弟であると、まことしやかに噂されていることも知っていた。貸金業の島金商事など殆どやくざの追い込みで、その悪名は市内はおろか県内中にも知れ渡っているらしいことも。また、この法人だけ島産グループから除外されていながら、あくまで島産グループを連想させる「島金」などと冠するあたりに、うっかりまともな金融業者と甘く見た負債者を罠にかけようとするような、あくどい意図が見え隠れしているように俺には思えた。島産グループについては、野口が詳しく知っていたので、ある日夜を徹して島産グループの巨大さについて語り合った際、真偽も出処も不明の噂から、すぐに裏のとれそうなそれらしき話まで、いろいろ聞いた。

野口は灰皿ぶん投げ騒動で退学となって以来、塗装屋の見習い工として猛烈修業に邁進していたから、公共事業や建設業界など世事に明るかった。

野口から聞いて魂消《たまげ》たのは島田守の強欲、守銭奴ぶりで、結婚を機に実家を大幅改築した際、大工職人にあれこれ注文をつけては豪奢な日本建築美を追求し高級資材もどんどん費《つか》わせ、庭には無理やりに運ばせて来た銅像などあしらわせて、挙げ句の果て、びた一文払わず、困窮した大工が涙ながらに、せめて建材の仕入れ分だけでも払ってほしいと願い出たのも言下に拒絶、大工は島田守のために肩代わりした建築費八千万円の重圧に苦しめられた。ある日、大工は、最後の仕上げと称して新築の客間に上がり込み、島田夫妻が目を離した隙に首を吊って自殺した。大工自殺の急を報せに大工の自宅に駆けつけた警察官が発見したのは、亭主と同じように自宅寝室で首を吊っていた大工の妻であった。すでに息絶えていた。

島田恭司がこんな呪われた一家の末裔だと知って俺も野口も、島田の人間離れした卑劣さは血筋だったと結論し、妙に納得したものだったが、そんなあくどい一家がなぜ市議会だの夏の花火大会だので善人扱いされているのかは謎だった。夏の花火大会では、花火の上がる前には必ず、後援島産グループへの賛辞が声高らかに読み上げられる。大団円を迎える直前にも再度島産グループ後援の宣伝が入るし、祭りの際、神社に提灯が出れば島産グループだけサイズが違う。市駅のホームには、太陽と大地のイラストが大きく描かれた島産の広告看板が出ている。市内を走る栄馬《えいば》交通の主要広告主も島産で、市内循環バスには島幸特別養老院、大阪または横浜までの長距離バスには、島田不動産の看板が掲げられている。街のあちこちの電信柱にも、島産の広告が目立つ。そのすべて、そのすべてのからくりは、金の力だった。

高校二年の暮れにもなると、卒業後の現実を嫌でも見せられた。何より俺を絶望させたのは、朝の七時には起床するというような、そんな面倒くさいことを三年間続けて、タバコを吸ったぐらいで謹慎の上、無意味な穴まで掘らされて、それで晴れて卒業したら、どこから就職のお呼びがかかるのかと思えば、島産グループ、だったことだ。他にも仕事の口はあったが、いずれも安月給で重労働を課される現場仕事ばかりで、島産グループの給与とボーナスには金銭面で遥かに及ばない。就職という現実に直面して、己の弱さを、そして無力さを思い知らされた。こんな絶望的な未来のために、入学費から毎月の授業料、制服代、体操服代、おまけに丸二ヵ年の青春の貴重な時間までをも注ぎ込んできたかと思うと、たまらなく情けなくなった。もうこれ以上、我慢できない。そう心が悲鳴を上げても、己が身のために両親が倹約を重ねていることを顧みれば、今さら自主退学を申し出るのも後ろめたい気持ちだった。

千尋とは非常に良き友人として付き合いを続けていた。俺が友達以上の関係を迫ると、決まって、男と女になったが最後、二度と元の友人には戻れないという彼女の持論をぶっつけられ、その度に俺はまともな反証もできず悶々としていた。彼女に見限られて友達ですら無くなってしまうことを恐れていたのだ。本当は、男と女になったが最後、もう絶対に貴女を離さないと、メロドラマ風の科白《せりふ》を吐きたくて仕方がなかったのだが、いつもそれを言おうとすると喉が締め付けられるようになって、要領を得ない発言を繰り返すうちに、こういう科白はもっとロマンチックな場面で言うべきだと、自らを欺いていたのである。そうしても、っとロマンチックな場面を待っているうちに、時というものが矢のように過ぎ去るという事実には考えが至らなかった。それも当然だ。俺は無意識のうちに、自分の未来を絶望視していた為に、一ヵ月より先のことを論理的に思案することを努めて避けていたのだから。

なぜあの時期、千尋に本音を言って、場面の雰囲気など考慮せずに、もっと明け透けに自分の気持ちを伝えようとしなかったのか。この頃のことを思い出すと、自分の臆病さに呆れるどころか、腹が立つ。たとえ千尋に拒絶されても自分の想いをぶつけてみるべきだった。拒絶されれば、それはそれで、どうせ、本音を打ち明けて千尋との友情を壊したりしなければと後悔していただろうが、どちらにせよ後悔するのだったら、思い切ってみるべきだった。

未来を絶望視する俺に追い打ちをかけたのは千尋の進路であった。彼女はロシアに留学することが決まったと、ある日会った時に、打ち明けてくれた。その報告は勿論、俺には全然嬉しくなかったが、千尋自身そのことを何か腫れ物にでも触るような調子で扱っていたのが不思議でならなかった。

俺は何か自棄くそのような気持ちで千尋からの報告を茶化すのが精一杯だった。ロシアへ行けば真っ白い肌に黄金の髪、青い瞳のヨセフ君と結ばれて俺のことなど髪の毛一本ほども憶えちゃいないのさ。そう言って茶化す俺を彼女はじっと見つめていた。

人はなぜ心の声と真逆の行動をとってしまうのだろう。心は、止せ、そんなことは言うな、とか、そこで立ち止まれ、振り返れ、笑顔を見せろ、とか、いつも自分が本当に望むことを要求している。ところが脳髄の神経回路は、どういう訳なのか、心とは結びついていないらしい。いや結びついているとすればそれはまさに右脳が左手を操るように、逆向きに結びついているのだ。だから止せ、そんなことは言うなと心が念じれば、脳髄が神経経路に伝令するのは「止すな、言ってしまえ」となり、俺はいつも現実と心の表象に大きな隔たりがあることに辟易させられるのである。

千尋がロシア留学を話してくれた時も、まさにそんな逆転の作用が生じたのだった。

「ロシアなんか行くのは止せ。フョードルだかセルゲイだか、そんな露助に何ができる。君を幸せにできるか？　いやできっこないんだ。俺になら、できる。

ロシアなんかに行くのは止して、俺と結婚するのが君にとっても一番良いのだ。俺には君が必要だ。ロシアへ行くのは止せ……」

俺の心はこんな考えで満ちていた。だのに実際に口にしたのは、

「ロシアかぁ、千尋ちゃんらしくて格好良いな、さすがやな」

いともたやすく己の心に背いた。

その日以来、彼女と会っても、彼女は何となく他所他所しい態度で、その頃には俺も携帯電話を持っていたからメールでもやり取りしていたが、メールの文面でも何となく愛想が無いように感じ、俺はくさった。人間くさったら仕舞いである、が、俺はくさって、愛想の無

い相手にこちらだけ愛想良くするのは何だかこっちが謙《へりくだ》っているように見えて苦しい。本当は謙っているのではなく社交上の慣例に従ってことさら明るく振舞っているに過ぎないとしても、相手が女なだけに余計にこちらが見苦しくなる。それが嫌で、何となく忙しない感じで俺も千尋に接しているうちに、連絡も途絶えがちになった。そうして知らず知らずのうちに、互いに連絡なしで一ヵ月も過ぎていたこともあり、こうなると友達といっても知人の域を出ない広義の意味での友達に過ぎず、無論、こんなことは俺の望んだことでは無かったが、その時の俺はどうしたかというと、ますます、くさったのである。救いようのないへたれだった。

高校三年の暮れにもなると、俺のへたれはますます磨きがかかって、千尋と結ばれるなどという願望は最初からすべて妄想だった、ファンタジーだったとまで自分に言い聞かせて、その頃バイトで稼いだ金を握りしめて、○○遊郭の廓《くるわ》に一日三度も上がってみたり、フリー雀荘でやけくその麻雀をしたり、競馬に競艇と、なけなしの金を使いまくって自分の憂鬱を追い払おうと必死だった。阿呆やった。バイトというのは大型スーパー店の清掃係だった。そんなところでモップ片手に頂戴した僅かばかりの金を、遊興にすべて使い果たしたのだった。一つには、遊びを覚えて、抑え切れなかったというのもある。だが当時から俺は自分の本当の気持ちを知っていた。そうして散財しながら、こうして俺はおっさんになって行くんやなと悲観していたし、恋に破れる前に恋から逃走した汚点は生涯己の意識につきまとって精神を苛むだろうことも、見抜いていたのである。

大型スーパー店の清掃係で働きはじめたのも、実をいえば千尋の為だった。片意地張っていては人生を知ることができないと、どこから仕入れた格言か知らぬが彼女がそう言うと説得力があった。俺がバイトもせずに貧乏しているのを見かねて、千尋は何でも良いから一度面接に行ってみればと言った。次に会った時、何も行動していなければ絶対に評価が下がると畏れた俺は、ゲームソフト屋の入り口に置いてあった求人冊子に飛びついて、高校生でも可とする求人を探した。存外、求人は少なく、居酒屋の給仕、ガソリンスタンドの給油係が僅かに掲載されており、ほかには大型スーパー店の清掃係しか、なかった。居酒屋も給油係も絶対に厭だった俺は、面接だけでもと清掃係に応募した。

受かる気もなかったから私服のままで出向いて、いくつか質問されたことに答えたが、面接ってこんなもんかと思うぐらい、何一つ実のある話はしないことに驚き、やっぱり落ちたかと思っていたら、その日の夜には電話があって、一緒に働きましょうと言うのだった。面接官は三十代ぐらいの口ひげを生やした目つきのいやらしい男だったが、電話の口調はどぎつい関西弁の効果もあってなかなか親しみ深く、その声で一緒に働きましょうと言われると、今さら断るのも悪い気がして、ついつい、よろしくお願いしますと答えたのであるが、
正直、俺はこの仕事、嫌いじゃなかった。

清掃係には高校からも同級たちが数名来ていたし、これまで経験したことのあるやつも多

くいた。皆口を揃えてこんな仕事は、最底辺のどん底だと自嘲していた。心の中では、自分は他人のクソのあとを始末するような人間ではないと思っているのだ。俺にとってはクソのあともメシのあとも片付けるのなら同じことだった。

その頃、俺は路上生活者に対する見方も変わった。というのは、俺はそれまでやはりどこかで彼らを嗤《わら》う気持ちがあった。段ボールをリヤカーに積んで運ぶ男や、駅前で雑誌を高く掲げて立ちつくす男の姿を見るたびに、何となく、説明できない快感を覚えたものだった。どこかで、ざまあみやがれ、と嗤う気持ちがあった。何がざまあみやがれなのか、彼らのことについては何ひとつ知らないのだが、なぜか、そんな素性も知らない人間が零落《おちぶ》れているのを見ると、スカッとするのだ。他人の不幸は蜜の味。いい気味だなどと思っていた。だが次第に、彼らの暮らしぶりに自分の未来の姿があるように思われて、嗤うどころか、むしろ、恐怖するようになっていった。コンビニで缶ビールなど買って外で飲む奴らが多いが、そういう奴らが、どれだけ路上に空き缶を放っていることか。誰かが始末しなければ、たちまち町中、空き缶だらけになる程だが、それも空き缶拾いの路上生活者にとっては生きる糧となるのだ。むしろ、空き缶をポイ捨てと言われるのは心外で、○・五銭なりの資源を路上生活者に恵んでいるというのが実際には正しい。散らかせば、それを片付ける人間が必要になる。クソを垂れれば、誰かがそいつを始末しなくちゃならない。仕事は総じて、誰かが絶対にやりたくないことの代行業だから、彼らは同業者だ。

おまけに、三日飲まず食わずで過ごせばどんな不味い飯でも美味くなるの道理で、空き缶拾いでかき集めた小銭で買う肉まんの味は、空き缶拾いを一日やった者にしか味わえない。翻って、俺は他人のクソの始末をして稼いだ金で、何のかんのと散財しているわけだが、それで食らう牛丼の味と、空き缶拾いが味わう肉まんと、もたらす幸福はその度合いにおいて大した違いはないのかもしれない。違いといえば、使った金の多寡だけで、時には二千円の定食よりも百五十円の肉まんのほうが美味いかもしれない。羨ましいとか優越とか、そんなことは、到底計り知れぬことなのだ。

空き缶を拾うのも、俺が他人のクソを始末するのも、金のためにやることで、結局は何にも変わりはしない。同じだ。自分がそれをどう見るかってだけの話だ。他人のクソの始末をして一生を過ごすのも悪くない。それが俺の使命なら、やるべきことは、口を閉じて手を動かすことだ。俺は他人のクソの始末をするために生きている。それが嫌だというのなら、路上に放り出されても泣き言はいうな。それがこの世の中というものだ。俺も少しは成長した。そんなことを考えて、俺は浮浪者を嗤う気が失せた。いつか自分も嗤われるのではないかと、その頃はそれだけが不安であった。

十五

高校卒業間近になっても、俺の進路は決まらなかった。野口が塗装屋の職人に誘ってくれたが、俺は彼とは違って職人の血を引いている訳でもないし、そういう職に誇りを抱いている訳でもなかったから、長続きしないだろうと、断った。

両親を安心させる、というよりは黙らせるためだけに、俺は卒業を待たず派遣会社へ出向いて、卒業後の働き口を世話してもらおうと相談したところ、派遣会社の採用担当はとても慇懃《いんぎん》な態度で、とても十代への応対とは思えぬほどの白々しさで、採用後の流れをくどいほどに説明してきた。俺の場合、まだ車の免許も無いからバス送迎のある工場が良い。条件に見合った工場で、四月からの募集がかかっているのは二つあった。一つは印刷工場でもう一つは車の部品工場であった。印刷工場は時給千百円。車の部品工場では時給千二百円。車の部品工場は残業が毎月四十時間ほどもあると聞いて、恐れをなし、印刷工場を希望した。

毎朝七時四十五分に派遣会社のビルから送迎バスが出発し、八時二十五分には工場へ到着する。就業時間の九時までには時間があるので、朝食をここで食べても良い。九時十五分前には、現場入りできるように準備しておく。午前の休憩は十分間。昼食は一時過ぎから四十五分間あり、夕方六時までに休憩を再び挟んでの実働八時間ほどの勤務である。日当八千八百円。昼食は三百五十円で仕出しを注文できる。ひとまず、俺はその印刷工場で働くことに決めた。

母と親父は、俺が自力で働き口を見つけてきたことに喜んだし、俺も、いつまでも派遣社員の立場に甘んじている積もりはない、まずは世間に出て、世の中のことを勉強しながら、その後の自分のために貯金をしたいという、我ながら堅実で説得力のある説明をすると、二人とも得心し、これで卒業にあたっての不安はひとまず解消された。派遣会社と聞けば奴隷扱いとばかり思っていた俺は、会社に丁重に迎えられたのが満更でもなく、何となくだが新しい生活に期待していた。金を貯めれば、何か自分の思いついたことをやってみよう。商売でも事業でも、自分に金があればそれの使い道を真剣に考えるはずだ。先立つものは金。経済面で自立すれば親父も母も俺のやることに口出しはしないだろうから、しばらくは実家に居ても窮屈な思いをしなくて済む。

卒業式から二週間は春休みをぶらぶらと過ごした。ロシアに発ってしまえばもう二度と会うことも無いかも知れない、そう思うと、疎遠になったまま別れるのが惜しくて、千尋に連絡をとった。

久しぶりに会った彼女は、思っていた以上に親しみ深くて嬉しかった。笑いながら何度も俺の肩にぽんと手を置いていた。ロシアへは春休みの間に行くのだと言っていた。俺は印刷工場で働くこと、まずは幾らかでも金を貯めようと思っていることなどを話した。彼女は俺の計画を応援すると言った。ロシアへは三年の留学である。三年後、帰国した時には必ず会おうと、互いに目を覗き込みながら約束した。お互いに良い報告をし合えるようにがんばろう。

四月の第一週目、月曜日から俺は印刷工場へ働きに出た。早朝六時半には目を覚まして支度し、バスに乗り遅れないようにと、やたら早く出発した。バスの利用者は俺を含めて六名。バス、バスと言っていたが実際はただのボックス車で、後部座席から古株の順番になっていたから、俺の席は運転席のすぐ後ろだった。

面接を担当した派遣会社の男が、俺を皆に紹介してくれた。今日からお世話になりますよろしくお願いしますと、頭をぺこりと下げると、何とも間抜けな声で、うぃーすと、疎らに返ってくるだけであった。奥のほうではよろしくお願いしますと言う者もあったが、あまりに声がか細いので、ほとんど聞き取れなかった。朝からろくに挨拶もされない自分の立場が情けなくなったが、バスに揺られている間、全員が口を開けて眠りこけている姿を見て、彼らの疲労困憊ぶりにようやく気がついた。朝っぱらから、新入りのご機嫌など気にしていられるか、眠いんだ。そうと分かって少し安心した。俺も目を瞑ってみたが、とうとう工場に到着するまで一睡もできなかった。後ろの席の中年が、激しい鼾をかいていた。皆、鼾の音にはもう慣れっこになっているらしかった。

朝の車内では機嫌の悪かった先輩たちも、いざ勤務がはじまってみれば優しくなった、と言いたいところだが、実際は機嫌の悪さが余計にひどくなって、同僚どうしいがみ合って罵り合うような有り様だった。

印刷工場の仕事は、基本的には印刷機のオペレーションであるが、そんな高度な仕事に俺の出番はなく、ひたすら命じられるままに工場内を右へ左へ動き回って、塗料缶を運んだり、印刷を終えた機械の、銅板にこびりついた塗料をすっかり綺麗に洗うのが役目だった。塗料を落とすには溶剤をこれでもかと言うほど使いまくるので、シンナーを吸いながら仕事をするようで、たまったものじゃない。マスク一つ支給されない現場の体制に、むかっ腹を立てながら、溶剤の臭いの充満した現場で八時間、俺は我慢した。その日の夜にはホームセンターでマスクを買ったが、安物故に溶剤の強烈な悪臭はまるで緩和されず、二日目の夜には再びホームセンターへ出向いて、もっと堅固な作りの、ガスマスクのような物を買った。そのマスクのために俺の半日分の稼ぎが失われた。

ガスマスクのおかげで溶剤の悪臭問題は解決したが、険悪な雰囲気の現場へ日参するのは思いの外の重圧で、同僚どうしの罵詈雑言を聞かされる度に俺の心も荒《すさ》んでいった。そんな状態だから、先輩たちの多くは仕事を教える時にでも、不機嫌丸出しの状態で、一度教えたことを聞き返せば忽ち激怒するか、あからさまに馬鹿にし切ってニヤつきながら、

「さっき教えたやろ。自分で考えろ」

と言い捨てて、何処かへ行ってしまうのだった。はじめのうちは我慢していた俺だったが、ある日とうとう堪忍袋の緒がぶち切れた。溶剤まみれになって必死に銅板の塗料を洗い落としている俺に向かって、小野《おの》という背の低い三十代の男が、

「いつまでやってんねん、はよしろや」

と、やけにイントネーションの怪しい関西弁で言ったものだから、我慢ならず、

「俺は教えられた通りにやってんのじゃ。遅いんやったらお前の教え方が悪いんじゃ」

と怒鳴りつけてしまった。

「何やお前、もう帰れ！」

と小野は言ったが、

「なんで帰らなあかんのじゃボケ、俺は仕事してるんじゃ」

と俺もやり返し、

「年上に向かってなんちう物言いや」

と呆れる小野へ、

「年上も年下も関係あるか、がたがた言うな」

と俺も憎まれ口を叩いた。

小野は印刷工場の係長に告げ口をして、俺はすぐに呼び出された。その時でも俺は必死に

銅板に付いた塗料をごしごし洗い落としていたのだが、俺を呼びに来た係長はそれを見て何を思ったか、しばらく黙って俺の作業を傍で見ていたらしい。そんなことにも気がつかないで俺はごしごしやっていたが、キリの良いところで、ちょっと、と係長に呼び止められた。

「それだけ綺麗にしてくれたらええわ、ちょっと話あるから、来れるか」

「はい」

係長は俺を作業場の隅に連れて行った。係長とは初日の朝に挨拶をしただけで、それからは一言も話したことがなかった。工場内では頭をすっぽり覆うように頭巾のようなものを被らせているし、ベテラン連中は各々自前のマスクをつけているから、素顔は知らなかった。

中身だけ別人に入れ替わってもすぐには分からない。

係長は作業場の隅に着くと、マスクを取って素顔を見せた。意外と若かったので驚いた。

小野よりも若く見えた。

「小野君から聞いたけど、この仕事、続ける気、あるんか」

「あります」

「そしたらなんで小野君に楯突いたんや」

「あんまり偉そうに言われたもんで、ついかっとなって言い返しました。こっちは真剣に仕事やと思うて頑張ってやってるのに、横からふっと来たと思うたら、いつまでやってんねん、てこうですよ。頭に来ました」

「お前が仕事を真面目にやってることは、さっき見て俺もよう分かってる積もりや。そやけど、お前な、作業することだけが仕事と違うで。人間関係も大事や。これから先、ここで仕事していく上でな、小野君はお前の上司や、その小野君に対して、ぞんざいな口の利き方したらあかん。結局はお前が損することになるぞ。ええか、もっと上のもんに可愛がられるような振る舞いをしたほうがええ、そのほうが結局は得するんや。分かるか」

「はぁ、よく分かりますが」

「お前がここを続ける気がないんやったら俺ももう何も言わへん。小野君かて何も言わへん。次の契約更新になったら、切るか残すか、それは俺らの判断すること違うけどな、それでもやっぱり現場の評判は物言うで。ええか、仕事できひんかっても、可愛がられてたらそうは滅多に切られることないわ。続ける気があるんやったら、小野君に謝って来たほうがええ。強制はせんけど、俺はそのほうがええと思うな」

係長は俺が興奮しないように落ち着いて話をして、小野へ謝罪することを納得させた。昼食の休憩が終わって、現場に戻った際に、印刷機の具合を見ている小野のもとへ行って口が過ぎたと謝った。

小野は優しかった。

「目上の人間にあんな口の利き方したら、あかんで」

「頑張る気があるんやったら、俺もしっかり教えるし。俺の仕事をお前が覚えてくれたら、俺は別の仕事を覚えられる。そうやって皆んな、上を目指して頑張る仲間なんやからな」

そう冷静に諭されて、俺はついさっき感情的になったのが随分、大人気なかったと思うと恥ずかしくてならなかった。その恥ずかしさを紛らわすように残業までしてまた溶剤まみれになって右へ左へ塗料缶を運んだ。

一日中、工場内にいて、昼食時でさえも蛍光灯の下にいるから、工場で働く者は太陽光とは日中無縁である。皆揃って不健康そうな顔色の理由はそこにあった。俺はあの青白い顔になるのが嫌で、昼食になると寸暇を惜しんで工場の外へ出ることにしていた。回収業者を待つパレットの上に寝そべり、太陽光を浴びながら昼寝するのが何より楽しみだった。

印刷工場での勤務も一ヵ月が過ぎ、ようやく早寝早起の習慣も身についた。はじめのうちは、一日中工場に居て、帰ってきて飯を食ってすぐ眠るのでは、一日が何とも虚しく過ぎたような気がして、無理に眠い目を開けて音楽を聴いたりテレビを見たりしていたものだが、一ヵ月を過ぎた頃から、一日が虚しく過ぎることにも慣れてしまって、無理に夜更かししても翌日の体に響くだけだということも分かってきて、飯を食ったら風呂に入ってさっさと眠れるようになった。すると朝早く目を覚ますのも全然苦にならない。

月末には賃金が銀行口座に振り込まれ、俺は生まれてはじめて二十万円近くの札束を、この手で数えた。銀行に預けたままでは、何となく金を稼いだという実感に乏しく、給料日が来るといの一番に銀行へ行って残高すべてを引き出したのだった。

一ヵ月働いて、こんな紙きれが二十枚かと思うと、自分の価値の低さに改めて驚いたが、飯屋や飲み屋などで勘定する際、高額紙幣ばかりの財布を出すのは誇らしい気持ちにもなった。一ヵ月間、溶剤まみれになって俺は小野や係長に小突きまわされてきた訳だ。その代償に手にした紙きれで、今度は俺が、他人を小突きまわす立場に立つというのだから、世の中うまく出来ている。

さて給料の使い途《みち》だ。十万円にも満たぬアルバイトの金ですら散財していた俺のこと、週明けにはもう素寒貧になっていそうなものだが、金を使うたびに工場の溶剤の臭いが思い出されて、とても散財する気になどなれなかった。そこで自分の小遣いに五万円だけをとっておいて、残りは再び銀行に預けた。

それは良かったが、結局五万円は二週間のうちに使ってしまい、また銀行から五万円を引き出した。二回目の給料日が来る頃には、残高は十万円を切っていた。

十六

両親は、働き出して半年経つまでは、家に金を入れなくても良いと言ってくれた。だからほどよく倹約して半年働けば、少なくとも五十万円以上の貯金ができると俺は計算していた。五十万円あれば、引っ越しができる。俺はもう自分の生まれ育った町には飽き飽きしていたところだったから、大阪へ出るなり、思い切って上京するなり、何でも良いから、町を離れたかった。

悪友仲間のうち、何人かは美容やデザイン関係の専門学校に進んでいた。彼らは神戸や大阪、遠くは東京へ出て、ひとり暮らしをはじめて、新しい友人も作り、専門技術の習得に励んでいたが、こんなことは、もちろん親からの支援があってこそ出来る話であった。

なかには親の支援など一切当てにせず、自分で働いた金で入学し、学費から食費家賃に至るまで一切の面倒を自分で見ながら、手に職持てばとぎりぎりの生活で努力している人も居るだろうが、そんな苦学生は稀な存在で、専門学校に進んだ悪友たちの動機といえば、就職せずに済むし、学生の身分でいれば親へも依存できる、卒業する頃には志した業界の端くれぐらいには成れるだろう、大体がそんなところだった。真の意味で、夢を追って、というような者はひとりもなかった。

千尋もまた親の莫大な支援のもとロシア留学へと旅発った訳だが、彼女の場合は、小学生の頃からバレエの道を邁進していたし、今度のロシア留学もその延長だった。彼女はヨーロッパ芸術に強い憧れを抱いていたから、その空気を吸えるだけでも彼女の滋養になることだろう。女ひとりが異国の地に赴いて、そこで語学をはじめバレエを物にしようというのだから並大抵の苦労ではない。また、異国で平穏無事に暮らしていけるのかという不安もあったはずだ。そういう本当の意味で進学する者のケースを身近で知っていただけに、悪友仲間たちのような遊興半分、片手間に技術を習得するというような中途半端な姿勢は、俺にはとんだ温室育ちに見えていたのである。

しかし、彼らの近況を電話などで知らされる度に、こんな田舎にくすぶっていては、いつまで経ってもうだつが上がる筈がないと、派遣社員の待遇に甘んじる己に嫌気がさした。またその己への嫌気が、次第に、地元への嫌悪感へと変化していった。

たまに友人たちと街に繰り出しても、内心まるで楽しめない自分が居た。

毎週末、スナックや安キャバクラで勘定の度に苦々しい気持ちだった。払った分だけの楽しみを、自分は感じていない、それが何より不満だったのだ。

友人たちは毎週末飲みに出かけるという既成事実だけが欲しいようにさえ俺には思われた。未成年の分際で、女を相手に酒を呑もうということ自体が俺にはおっさん趣味が過ぎると思っていた。大して綺麗でもない女に酌をさせて満足するほど、俺は女に困ってやしないぞという自尊心もあった。コンビニで缶ビールでも買って、ナンパでもしているほうがよっぽど年相応だし楽しい、何より金がかからないと、そのうちに酒飲みの友人たちとは疎遠になっていった。

野口は変わらず塗装職人の修業中で、父親の血が濃かったのだろうが、十八半ばですっかり職人風が板についていた。給金は俺よりも遥かに少ないらしく、が為に彼の場合は、どこかへ飲みに行くという趣味もなかった。休日の夜は二人で飯を食いに出かけていた。明からさまな世辞をいわれてべらぼうに高い酒を呑んでいるより、野口と飯を食って話をしているほうが良い時間に思えた。

半年経って、たしかに貯金額が五十万円を超した。両親はその金で車の免許を取りに行って安い中古車を買えと言った。俺はそれも良いがそうするとまた貯金がゼロになっちまうと、さらにもう五十万円欲しくて堪らなくなった。この時、千尋が言ったことを思い出した。人間の欲望には際限がないというやつだ。その通りだ。五十万円を引っ越しの費用にと考えて貯めたが、これを使い切ってゼロにするには惜しい。この五十万という貯金がまるでゼロのようにさえ感じる。要するにこの五十万を割れば、即ちマイナス何円という赤字として認識されてしまうのだ。

五十万貯まれば百万円もすぐそこだ。そう思って、今度もう五十万、都合百万円が貯まった時点で印刷工場を辞め、車の免許を取りに行って、実家を出よう。そう考えて、俺は印刷工場で相変わらずの溶剤まみれの日々を送った。

十七

俺の計画はご破算になった。

親父がコンビニ経営をはじめたことは、前に触れていた。国道〇号線沿いの土地に目をつけたのは親父ではなく、コンビニチェーンの新店舗開発部だったらしいが、親父はまるで自分が探し当てた金鉱であるかの如く大威張りでそのことを俺や母に自慢した。

俺が印刷工場に勤め一年と経たぬうちに、親父と母が煮詰まったことを知った。

コンビニ経営を首尾よく軌道に乗せたのはさすがに親父の手腕であったが、その後の、金のやりくりは、てんで駄目なのだった。その辺りは個人商店のどんぶり勘定の気風がまだまだ親父にあったのだろうと思うが、親父はコンビニ経営最大の敵を見誤っていた。それは税務署でもなく他店の新規出店でもなく、万引きと、内引きであったのだ。

親父は高校生のアルバイトを雇用していたが、それらの大半は真面目なふりをして、何かつまらぬ備品を盗んで帰るぐらいのことは平気でやる。それだけならまだ目を瞑ってもいられようが、内引き被害というのは実に大変なもので、猫かぶりのアルバイトたちが煙草や携帯の充電器を盗んだことが知れる度に、その処遇について頭を悩ませていた。即刻、解雇したいのは勿論ながら、そうすると、レジ係に穴が開き、商売どころではなくなる。二十四時間経営の難しいところは、二十四時間の人材確保にもあったから、内引き犯を見つけ次第に解雇していたのでは、自分が二十四時間といわずとも一日中店番に立たなければならぬ羽目になる。さりとて放っておけば今週のマイナスは二千円でも月末のマイナスは一万円近くにもなる。人間というのはすぐに調子に乗る生き物であるから、一万円の窃盗はすぐに二万円にも三万円にもなるだろう。しかもそれら盗みの事実を摑むには、防犯カメラの映像をチェックしたり、不必要に棚卸しをして在庫を調べなくてはならず、これだけでも相当な重労働である。最悪なのは、そうして犯人探しに躍起になればなるほど、アルバイトたちの士気は目に見えてみるみる低下、客商売だけにそういうアルバイトの無愛想は忽ち売り上げにも影響を与えることが懸念された。本当に真面目にバイトをしている者からすれば、いたずらに疑いの目で見られるのは心外である。

内引き犯ですらこのように容易に解決しないのに、万引き犯ともなると、余計に複雑だった。というのも、万引き犯は現行犯逮捕するしか他に対処の仕方がないのだ。

警察に相談したところで防犯を強化して下さいと言われて終わった。万引き犯が多くて困っている程度では、わざわざ店舗に出張っても来ないのだ。無論、現行犯逮捕した際には即刻警察に突き出せという話だったそうだが、親父は警察がこうまで何もしてくれないとは思っていなかったと嘆いていた。

現場検証、するならするで結構です。指紋も取りましょう。だけれども、その間、店は閉めておいて貰わねば困ります。それが警察の口上だった。店を閉めては丸一日分の損害がすべて親父の負担になる。こういう損害はフランチャイズの親元であるところのコンビニチェーンが肩代わりすることはないのだ。

相次ぐ万引きと内引き、親父はそれで神経すり減らした。とは言うものの、全体的に見れば黒字であることに変わりはないし、まとめて解雇したところで、また新しく来た人間を教育しなければならず、しかもそいつが実直真面目という保証はどこにもない。そこで当面の間は内引きには目を瞑り、常習の万引き犯の検挙に全力を尽くすことにした。

親父は死角のないように防犯カメラを新たに数台設置させ、一週間は毎日棚卸しを自らやって、盗みの傾向を記録にとった。

防犯カメラが録画したビデオテープが実家の居間に堆《うずたか》く積まれているのを見た時、興味本位で親父の万引き犯探しに付き合ったこともあるが、とんでもないことだった。こんな事をしているぐらいなら、いっそのこと万引きを黙認したほうがマシだと、投げやりになる親父の気持ちも分かった。あの防犯カメラの映像を見ている時ほど、苦痛なものはない。しかも、万引きの瞬間など滅多に見つかるものではないし、見つかったとしても、まさか品物を抱えて堂々店を出るはずはないから、よく見れば盗んでいる風にも見えないことはない、というぐらいの曖昧な証拠なのである。当時はまだまだ防犯カメラのクオリティにも難があった。とくに防犯映像を自宅のビデオデッキで見る場合に難が顕著に顕れた。専用のデッキ以外でそのテープを見た時には、なぜそんな仕様になっているのか知らぬが、映像は乱れっ放しでとても凝視するに耐えないのである。そしてその専用デッキというのはコンビニの店舗に設置され、容易に持ち運びならぬ配線だらけの代物だった。

他にも色々あったのかも知れないが、俺が知っているのはここまでだ。

兎に角、コンビニは黒字から一転して赤字に傾いた。儲けても儲けた分だけ盗まれて行くのだから赤字になるのは必至だった。

工場勤めからの解放感を味わっていた、ある日曜日の午後、母にちょっと話があると呼ばれた。居間にはお通夜のような表情の親父が居た。母もまた親父に負けじと悲愴感漂わせていた。一体何があったんだと俺は神経張り詰めて両親の語るのを黙って聞いた。

そこで打ち明けられたことは、計画破産でまんまと手にした二百万円のうち、百万円をその発案者である佐倉へ謝礼として渡す代わりに、その分は貸し付けておいてくれるということになり、年利十パーセントの取り決めで百二十万円分の借用書を書いたこと。それでもまだコンビニ開業には力不足と、佐倉の顔が利く金貸しからも百万円を借りたという話だった。この金貸しへの返済が滞っては複利のために苦しまねばならず、無理をしてでも毎月五万円は金貸しへの返済に充てねばならない。無論、佐倉のほうへも返済という名目で、計画破産の謝礼を月賦で払わねばならず、合計十万円近くの返済金が毎月必要なのであった。

一ヵ月の延滞は忽ちにして二ヵ月、三ヵ月と重なり、このままでは借金地獄に陥ると危惧した母のとった行動が、さらに悪かった。

母は夜の店に出て長く、オーナーから信頼もされていたこともあって、日々の売上金を管理する立場に立っていた。オーナーは二重帳簿による脱税の常習で、売上金はすべて銀行に入れず、ひとまず金庫にて保管する。「売上金」と称した現金は、毎週月曜日にオーナー自ら銀行へ持参していた。そこで母は、発覚する前に金を戻せば、何も無かったことと同じという発想で横領に手を染めた。何も無かったように金を戻す段になって、現金が足りないと気がついた時、ようやく自分のした事が、とんでもない背信行為だったことに思い至ったが、とにかくその場凌ぎで、毎日の売上金を繰り越す形で継当てし、発覚するのをいわば毎日、順送りにした。ところがいよいよそのツケが溜まりに溜まって、抜き差しならぬ状況となったというのである。

横領が発覚すれば無論、刑事罰にも問われるだろう。夜の店からは当たり前だが解雇されるだろう。ただでさえコンビニ経営の雲行きが怪しい今、そんなことになれば破滅だ。母と親父はそうして震えているのだった。

親父は母をこっぴどく責めたらしく、母はいつになくしょげていた。そうして小さくなった母の姿がどうしようもなく哀れで、俺は一年がかりで貯金した百万円のうち七十万円を、母の横領の穴埋めに使うことを承知した。親父も母も、この金は毎月少しずつでも返すと言ったが、まさか自分の両親から利息をとる訳にもいかず、俺は七十万円は返ってくるアテのない死に金だと早々に諦めた。

俺は、こんな家に居たのでは、いつまで経っても浮かばれないと、憂鬱だった。溶剤まみれになって働いても、稼いだ金はすっかり親父の商売のために消えて行く。商売がうまくいけば良いが、うまく行かなければ俺まで道連れだ。そう思うと堪らなくなった。親父も母のことも大切には想っていたが金銭問題は割り切れなかった。俺は残りの三十万円で家を出、上京することに決めた。

十八

神奈川県川崎市麻生区《あさお》、鶴川駅《つるかわ》のすぐ近くに俺は引っ越した。上京といっても住処《じゅうしょ》は東京にはなく大都市から離れた住宅地であったから、上京気分は皆無に等しかったが、そこから小田急線で三十分ほども行けば、新宿があり、その名を駅名に見たときには、さすがに、自分が東京に居るのだと実感があった。俺は別に何の目的もなくアテもなく来たのだった。

派遣会社には電話で、通院のためしばらく休むと言っておいた。何のための通院かと聞かれたが、そこはプライバシーのために伏せておきたいことにした。俺としては向こうがへそを曲げて月末の給与を出し惜しみすることを畏れていたのだ。何のかのと理由はいくらでも後付けできるように思われた。俺は自分が安易な気持ちで、先方が用意した一方的な法的文書に署名したことを悔やんだ。目を通したとはいえ、法律のど素人たる俺が目を通してそれが何だというのだ。目を通したうちに入らぬ。違約などと言って因縁つけられた日には敵わないので、通院などと少し曰くありげな理由にしたのである。そのうちに本格的に辞めれば良いと思っていた。

俺はまだ二十にもなっていなかった。

妙な気分だ。

その頃の自分が、自分の息子でもおかしくない年齢になっている。

東京に来ている友人たちと高円寺や渋谷で落ち合うこともあったが皆一度きりの付き合いになった。俺のほうでも、どうせここまで来たからには肉体労働からは足を洗う、そのために努力してやるという気持ちがあったから、遊んでなどいられない、いや、もっと真実に即して言うなら、遊ぶ金などなかった。

俺が引っ越したのは即日入居可を謳う、学生向けのシェアルームだった。敷金礼金なしで家具つき日用品補充あり光熱費込で家賃四万五千円に飛びついた。同居人は学生など一人も居なかった。俳優志望の二十代後半の男と、香港人の青年が同居人であった。もとより金をケチってそんな処に住んでいるのだから、遊ぶ金など無いに決まっている。

寝るベッドさえあれば良いと思って入居したシェアルームだったが、部屋はもちろん一人部屋で鍵もかかれば冷蔵庫も備えつけてあるし押入れもあるから快適だった。同居人と顔を合わすのは、彼らも休日である日曜日ぐらいで、それも玄関ですれ違って挨拶する程度だ。それ以外は、生活音が、彼らの存在を俺に教えるばかりで、姿を見せることは少なかった。住めば都と、二週間ほどで俺はそこでの暮らしが気に入った。

東京の雑踏排気ガスからは程遠く、鶴見川には本物の鶴のような鳥も見られてそれらが実に長閑《のどか》で俺の気に入った。長い遊歩道があって、毎日散歩ができるのも良かった。その遊歩道は夜になるとほとんど誰も通らない。よく整備されて街灯もあればベンチまであって、歩いていて気持ちの良い遊歩道だが、夜間利用する者はなかった。俺はよく星空を見上げながら歩いていたものだ。どうせ前からも人は来ないから上を見たままで結構歩けるのだ。そんなことをしている程、俺は閑《ひま》だった。

仕事のアテなど無いから求人雑誌をぱらぱらめくってばかり、何処を見ても都会の魑魅《ちみ》魍魎《もうりょう》に見えてきて二の足を踏んだが、ぶらぶら閑を持て余すのも三週間と経った頃、ある求人広告に目が釘付けになった。

それは、ある企業の広報部で、広告デザインの助手を募集している広告だった。俺の目が釘付けになったというのは、月給三十八万円スタートだったことだ。週六日の勤務だとしても、月給三十八万円は、当時の俺には（今の俺にも）大きかった。

しかもあくまでスタート時点での給与なのだから、そこで少し頭角を現せば月給はすぐに四十万円、四十五万円と増えていくのである。俺はこれだと思って、早速、面接の申し込みの電話を入れた。そこで翌日には面接と相成ったが、俺はスーツ一着持っていなかったので泡を食った。しかも広告デザインの経験などあるはずがないから、いかにそれらしいことを言うか考えなくてはならず、焦った俺はひとまず散髪に行ってじっくり考えてみることにした。そこで広告デザインの経験については、何とでも言い逃れのできる材料で売り込めば良いのだと考えついた。たとえばそこら辺にある冊子を持って行って、この冊子の発行元の下請けか何かの関係で発注を受けた業者の手伝いをしていたとか。東京の連中が相手なら、関西のローカル企業のことなど知るはずもない。冊子はちょうど、部屋にあった。それは俺が電車の中で読むつもりで実家のポストから持ってきた、まさにローカル企業発行の冊子で、地元の情報誌だった。俺はそれを使って、まことしやかに、経歴詐称したのであるが、パソコンを使えないことがばれて、俺の経歴に辻褄の合わない部分が出てきては困るからと、都合良く、目の病気を理由に（ここでもまた詐病した）パソコンを長時間見ることができなかったことにして、その為に長らく本社直営の印刷所に勤務していたとでっち上げて、印刷所の知識ならしこたま実地で習い込んでいるだけに、その部分のリアリティが買われたのか、俺はまんまと、株式会社東京第一オンデマンドの広報部に潜り込んだ。ここはまたひどく胡散くさい企業だったが、金銭面での待遇だけはずば抜けている。初任給三十八万円に偽りはなかった。阿呆高校出の十九才に三十八万円は、かなりの額だった。通常の二人分、美容師見習いなら優に四人分は賄える額だ。

高額給与も嬉しかったが、俺が何より喜んだのはスーツ姿で涼しい顔をして仕事ができることだった。スーパーで清掃係をしていた時も、印刷工場に勤めていた時も、涼しい顔をしてオフィスにいる事務の奴らを見る度に、この野郎とむかっ腹を立てていたが、今では俺がその側の人間だ。会社の中には、あちこち走り回る、ほとんど宅配業者のような部署もあったから、そんな奴らが俺のいる広報部に、仕上がった宣伝用のポスターやチラシを引き取りにくる時には、自分がホワイトカラーになったことを、心ひそかに喜んでいた。というのも現場担当の部署の奴らは、作業着を着て汗まみれになっていたからだ。

ホワイトカラーといっても俺の場合は、パソコンに疎いということから、主に裁断係に等しかったが、それでもパソコンの並んだオフィスでスーツで仕事をしていることに変わりはない。その箱の中で何をしていても俺にはどうでも良い。どうせ広告デザイナーの野心など無いから嫉妬もしないし、出世を望むわけでもない。最低限の給与、三十八万円が振り込まれれば俺はそれで満足していたのである。だから休みの時間を削ってまでパソコンを習おうとは思わなかった。裁断係に甘んじていても給料に変わりはないのだから、俺はそれに喜んで甘んじていたのである。

俺が入社した東京第一オンデマンドは、飲食店とホテルを全国規模で展開していた。開発部のオフィスには大仰に「全国百店舗開店目標残り二十七」と手書きで書かれた看板が、オフィス中央にある常務取締役の机の上に、天井から吊るされていたから、俺が在籍していた時点では七十三の本社直営店があったようである。ホテルといってもラブホテルだから、飲食店のほうと併せて、毎日のように看板、ポスター、ポップ、チラシ、避難経路図の制作依頼があった。新規開店が相次ぐと広報部は皆火の玉のようになって、全員で一日十四時間、週に六日働いて、何とかその週締め切り分の制作依頼に間に合わせることができた。

裁断係の俺は、出来上がった紙モノを一日中、裁断し続けた。それはそれで重労働ではあったが、何時間もパソコンの画面を見続けるデザイナー諸氏よりは遥かに楽だったと思う。ビルの隣には神社の境内があって、裁断機は窓際にあったから、仕事中は参拝客を観察することもできた。ただ、デザイナー諸氏はいつでも好きなタイミングでタバコ休憩をとれるのが羨ましかった。俺の場合は、裁断しなければならない宣材が毎日山のようにあるので、そう度々タバコを吸いに行っては仕事にならない。それでも裁断の要領を覚えてからは、隙を見てタバコ休憩をとった。裁断係の仕事のうちにはラミネート加工の作業も多くあるが、刃物を使って裁断しているよりも、神経を使わなくてすむのだ。だから俺は午前中の元気なうちに猛烈なスピードで裁断を済ませ、しかも裁断した宣材のうち三分の一は、わざわざ裁断前の宣材に混ぜて隠しておいて、午後からはラミネートと、すでに裁断済の宣材をもう一度裁断するフリをして、時間を稼いでいたのである。

結局、一日あたりの仕事量は変わらないのだが、堂々とタバコ休憩に行くためには、デザイナー諸氏の反感を買わぬようにと、細心の注意を払わねばならない。別にそうまでしてタバコを吸いたかった訳でもなく、ただ自分だけがタバコ休憩の特権を与えられていない状況が、気に入らなかったのだ。

ところで、ホワイトカラーといっても、所謂、クリエーターと呼ばれる人種はなかなか奇怪な奴らが多くて、裁断しながら神社の参詣客だけでなく、広報部で仕事をするデザイナー諸氏を観察しているのも、なかなか楽しめたものだった。桑田《くわた》という男は、コンピューターグラフィックを専門に扱う技術者で、新店舗の外観から内観まですべてパソコンで再現していた。その仕事ぶりは俺の目からすれば魔法に等しかったが、桑田は三十分に一度は必ず席を立って、そこら中を歩き回りながら腕をぐるぐる回したり、おもむろに屈伸運動をはじめたりする。時には両手で頬をぺちぺち叩きながら、発声練習のようなことまでしていた。作業をしているすぐ隣でそんな真似をされれば誰でも鬱陶《うっとう》しい筈なのだが、文句を言う者は誰一人いない。おそらく、皆がそれぞれに一つぐらいは奇癖を持っていることを自覚していたのだろう。

桑田の隣の席の藤巻《ふじまき》という男は、四六時中ふうふうと息をするのに精一杯の様子で、汗を額ににじませながらパソコンに向かっているのだが、よく見ているとマウスにもキーボードにも手を触れず、ふうふう息をしながら、ただただパソコンの画面を睨んでいる。十分睨んだかと思うと、すっとマウスで何かをクリックし、キーボードを少し触ると、また、ふうふう息をしながら黙って画面を睨む。そうして睨みながら、首を右へ左へ傾けさせて、おそらく肩こりを癒しているのだろうが、右へ左へ傾けるのがあまりに早いためにキツネがついているようにしか俺には見えなかった。また、いつでも、むにゃむにゃ独り言を呟いて、パソコンと対話しているのかと思う時さえあった。部長はたまに、

「藤巻くん、独り言、また出てるよ」

と注意を喚起する程度で、藤巻氏の独り言も異常なまでの首ふりも黙殺されていた。

奇癖ではないが、五十過ぎのぱっと見には企業戦士歴三十年といった風体の部長補佐、佐々木《ささき》氏も変わっていた。佐々木氏の場合はアイドルの追っかけが趣味らしく、パソコンの画面にもアイドルの集合写真、机にもアイドルの集合写真、行きつけの風俗は元アイドルが所属するというので有名な「サロメ・コレクション」という、気色の悪いおっさんだったが、俺には誰よりも優しかった。一度喫煙室で休憩を同時にとったことがあり、その時、「サロメ・コレクション」には顔が利くから、一度遊びについてくるかと鼻の穴を膨らませて誘ってきたが、俺はこんな中年のアイドル狂いと一緒になって歓楽街を歩くのはどうにも承服できず断った。それに、奢ってやるとも、幾らまで負けさせるとも、勘定のことには全

然触れなかったので、「顔が利く」のかどうかも、怪しいものだったが、後になって、デザイナー諸氏のひとりが、佐々木氏に連れられて行った風俗店で、何とあの元有名グラビアアイドル、黒岩俊美《くろいわとしみ》が出てきた、しかも佐々木氏の「顔」が利いて、勘定は二万五千円で、黒岩俊美と九十分間あれをした、と聞かされて、さっさと行っておけば良かったと後悔した。アイドル狂いと色眼鏡で見ていた後ろ暗さもあって、とうとう自分から佐々木氏に、例の「サロメ・コレクション」ですが、とは話しかけられなかった。自分で調べてみると、「サロメ・コレクション」で遊ぶには最低でも五万円はかかると知って、いくら高給取りの裁断係でも五万円はとても出せないと残念だった。

東京第一オンデマンドに就職してから六ヵ月も経たぬうちに親父から、母と離婚することに決定したと電話で報せがあった。別に俺は何とも思わなかったから、理由も聞かず、そうか、と答えただけだった。はっきり言って、二人と連絡さえとれれば、一緒に暮らして呉れようが、赤の他人どうしになっていようが、どうでも良かったのだ。

俺は広報部の部長から、新規出店の際の、看板やポスター類など、広報部にて制作しなければならぬ宣材各種の寸法を測る、外回りの役目を仰せつけられた。

新規出店で慌ただしい間は、新規店をプロデュースする開発部の社員との連携が、広報部のその後の仕事量を左右した。基本的にはミリ単位の誤差も許されないため、この壁をこの看板で埋めるはずが、三ミリ隙間が空いた、となると、もう一度やり直さねばならぬ。無論、裁断もやり直しとなる。自社内で作業が完結する場合ならまだマシだが、特殊な蛍光看板などは外注することもあり、その場合に、発注時の数ミリのズレは広報部の責任となって後始末しなければならないのだった。

また看板の場合には、その文言の大きさや配置、配色にいたるまで、すべて広報部任せというわけにはいかず、社長の方針で、各店舗ごとのプロデューサーがその大まかなラフスケッチを書くことになっていた。そこで起こるのはデザイナーとしての意見と、こういうものを客に訴えたいというプロデューサーの意見との対立で、デザイナーが青を背景に黄色の文字でと提案すれば、プロデューサーは、もっと目立つようにしたいから青の背景に赤色の文字でと発注書に書いてくる。この発注書は社内の部署どうしでやりとりする為だけにあるが、万が一重大なトラブルに発展した場合、この発注書が唯一の証拠にもなり、故にこの発注書を蔑ろにはできず、デザイナーは発注書通りにひとまず仕上げなくてはならない。発注書通りに仕上げた上で、意見を言わなければならなかった。しかし結局は客入りこそがすべてなので、広報部としての意見は意見として安易に引っ込めることもできない。敏腕プロデューサー気取りの開発部の奴らは、自分の直感こそがすべてだと頭から信じているので、いつまでも意見は対立したまま平行線を辿る。こんな軋轢《あつれき》が広報部の仕事をめちゃくちゃにしていた。残業五時間が連日となるのは、これが原因だった。裁断しながら俺はその様子を観察し続けていたから、現行システムの問題点がよく分かった、ような気がしていたから、外回りをして、デザイナーと現場の人間の間を取り持つという役目には自信があった。寸法測りだけでなく、俺はもっと緻密な連携を目的とした「外回り」になろうと、密かに決意していたのだ。

十九

俺は仕事に燃えていた、というよりは、首都圏でスーツを着て仕事をしている己にいささか酔っていた。スーツといっても今にして思えばろくでもない仕立てのカス背広を粋がって着ていたものだが、それでも俺にとってはまだ上等な一着だった。

東京第一オンデマンドの面接が決まったときに、二十四時間営業の紳士服店「ベンダー」に大急ぎで行って見繕ったものだったが、その頃の俺が買えるものは在庫処分品、八千数百円の馬鹿安スーツしかなかった。シャツ、ネクタイ、ベルトとそれぞれ数百円で揃えて、靴は中古の千円程度の代物で間に合わせた。二十歳《はたち》そこそこにしてはやけに中年趣味の目立つシルエットで、黒の生地に白のストライプ、タック入りの幅広パンツが何とも時代おくれだったが、仕方なく、初任給が振り込まれるまでの四十三日間、それで過ごすしかないと諦めた。だが四十三日間も着ていればさすがに身体のほうが背広に合わせるようで着心地は悪くなかったし、どうせ俺なんかホワイトカラーといっても似非《えせ》の部類で、実態はただの裁断係の新米にすぎない。着ているものなんか、何だっていいじゃないかという気になって、そのままずっと、お粗末なナリをしていた。俺は全身一万円ほどの貧相な姿でオフィス街をうろつき回り、米国発の珈琲店で買ったカプチーノを持ち歩いて悦に浸るなどしていた。出勤時は、わざわざカプチーノのために家を早く出るほどで、紙コップを手にもった己の姿をエレベーターの鏡で見る度に、いかにもできそうなホワイトカラーじゃないかと自惚れていた。そのうちもう少しマシなスーツをとも思ったが、しばらく無収入の貧乏暮らしを続けていたことも影響して、また元来吝嗇《りんしょく》気味の気質もあるために、俺の金銭感覚は敏感だった。量販店のスーツでさえ俺には随分ふっかけられたものに思えた。というわけで、傍目には哀れな貧困ルックのままだった。

外回りの役目となった俺は、まずはこの見た目の印象からして変革しなければいけないなと思った。それに気がついたのは裁断中で、他部署の社員が何かの用事で広報部のオフィスに来た際、そいつはこの俺の目から見ても上等なスーツを着て、ネクタイピンだのカフスボタンだのと着飾っていたが、我が広報部の誰も彼もが、そいつを慇懃に迎えていた。そいつは階級的にはさほどでもないくせに、そうして慇懃に扱われることに一向戸惑っていない、どころか、むしろそれが当然だとでも言わんばかりの貫禄さえ身につけていた。俺は、その貫禄の大部分が着ている物と身につけている物から放射されているオーラに依っているにちがいないことを、黙々とラミネート加工しながら、見抜いていたのだった。その数時間後、同じ階級の社員がやはりオフィスに来た時には、誰もわざわざ立って挨拶などしていなかったことを、俺はこの目で確かめた。

そこで自分を見た目の印象からして手強いエリート、尊敬されるに値するビジネスマンであることを自己演出するべきだと思い至って、年齢のための小物感を何とか衣類で補おうと決意した。そうしなければ、わがまま勝手な振る舞いを続けて広報部に迷惑をかけ通していながら出店先の土産物ひとつ寄越しやがらぬ自称敏腕プロデューサーたちが、貧困ルックの俺を見て舐めてかかってくることは請け合いで、それは気に食わない。普段の電話での応対でさえ、奴らの高飛車な態度には辟易していたから、面と向かって舐められることだけは避けたかった。

俺は奮発して、新宿伊勢丹《しんじゅくいせたん》のスーツ店でスーツを仕立てた。仕立て屋は俺の着ていたカス背広をまじまじと見ながら呆れきった顔つきで寸法を測った。俺が、どういうスーツが良いんでしょうかと問うと、体に合ったものを着ることですねぇと独り言のように呟いた。形状や生地のことなどいくら説明されても珍紛漢紛だったが、無知に付け込まれるのを恐れて知ったかぶりを通したのは、貧乏人の悲しい性だった。

結局、はじめて行った散髪屋でわけのわからない注文をつけてしまったような気まずい思いを嫌というほど味わわされたが、二ヵ月後に仕上がった一張羅は期待以上に見栄えが良く満足した。それで俺は意気大いに上がり、べらぼうな仕立て代はたしかに惜しかったものの、着るものによってこんなに気分が変わるのかと驚きつつ得意になっていた。

仕立て屋によると、皇帝ナポレオンは人は制服通りの人間になると言ったそうだが、なるほど、その通り。この生地の艶感がいいよ、本切羽の釦《ボタン》が本格的だ、サイドベンツ？　すっきりしていて良いんだろ。クラシカルなスタイルだね。俺は得意になっていた。

見栄えへの努力の甲斐もあってか、外回りの任務はうまくいっていた。舐められないようにとわざわざ生やした口髭の効果も幾分かはあったのかもしれないが、一番効果的だったのは、己の若さを利用した無鉄砲な振る舞いだったと思う。はじめて新規出店を担当したときから、相手が横柄な態度をとったらすかさず俺は怒りの発作に襲われて、前後見境なしに喚きまくることにしていた。相手も負けじと喚こうものなら椅子を蹴って立ち上がり、猛然挑みかかることさえした。解雇も恐れぬ向こう見ずを演じていたが、俺はこんな社内間の罵り合い程度で馘《くび》になることはまずないだろうと高を括っていた。舐められたらあかんと思ってのことだった。

ただの仕事上のことで気も狂わんばかりに激昂するなんて、俺にしてみれば考えられないことだ。もう少し責任ある立場の、報酬もたんまり貰っているような役職つきのエリートどもはどうか知らぬが、俺のような平社員が仕事のことでムキになるなど、非合理な活力の浪費でしかない。だって結局のところ、仕事がうまくいこうがしくじろうが月末にはきちんと定額の支給があるわけだし、最低限の給料が定められている以上は減給される恐れも無い。賢明な雇われ人は全力で仕事に取り組むことなど絶対にしない。いわんや仕事のことで口論したりはあり得ない。そんなことをして余計にストレスを溜め込んでもどうにもならないからだ。

まあそんなふぬけた日和見主義が、広報部をとことん火の玉にしている原因のひとつであることに変わりはなく、つまり言うべき時に言うべきことを言う、それをしてこなかったのが、駄目なのだった。そこで俺は心の底ではちっとも怒ってなどいやしなかったのだが、その辺りの計算もあって過剰に暴走していたのである。

無論そんな問題行動は直ちに広報部部長へと報告され、部長からはお叱りの言葉を再三頂戴する羽目になったが、俺が何にも知らないくせにやたらと口を入れたがるボケナスどもの嘴《くちばし》を塞いだことで、広報部の作業量を減らしていることは事実だった。俺は少しでも仕事量を減らして、まともな労働環境になることを願っていたのだ。もちろんそれは自分自身のためでもあったが、二才半の娘をもつ二十六才の河村《かわむら》という社員が、毎晩二十二時を回ったあたりから悲愴な顔つきで、携帯でおそらく家族にメールを打っている姿を見たりしているの不憫で仕方なく、広報部は基本的にインテリが採用されるということもあって、即ち、総じて彼らは真面目で、健やかな円満家庭生活を営んでいる者が多かったのだが、開発部の阿呆どもは、どいつもこいつも人生に一度躓いたろくでなしばかりだったから、当然独り身でしかも閑な者が多く、少しでも出世の糸口になるならと連日連夜の残業も喜んでやっている。「帰ってもパチンコで擦るだけだから」などという救いようのない理由で毎晩日付が変わる頃まで何やら仕事をしている、という体で、大半は非常階段でタバコ休憩をとっているのである。低脳どもが食えているのはそうした無益な労働時間の計上を続け、本来の仕事量を誤魔化し続けているからにすぎない。社長も首をひねっていたのではないか。どうしてこうも要領のわるい馬鹿ばかり集まってくるのか。それも労働時間だけは厭わぬという、底抜けの馬鹿ばかり。とにかく広報部が馬鹿どもの巻き添えを食っているのが俺には許せなかった。幸い俺は、印刷工場の荒んだやさぐれ労働者を相手にしてきたから、彼らの迫力に気圧《けお》されることもなかった。

社内でも少しは俺のことが良きにしろ悪しきにしろ評判になっていたらしく、経理部の部長補佐があるとき喫煙室で、

「やっと君のことがわかってきたよ」

と言ってきた。突然のことで少々気味が悪かった。

「僕の何がわかってきたんですか」

「いや、まぁ、いろいろね」

「いろいろって」

「まぁ、ほどほどに」

実社会で働いて面白いなと思ったのは、どんな問題行動も良い結果さえもたらせば、問題を起こしたというそもそもの科《とが》は帳消しになるばかりか、普通のやり方でもって良い結果をもたらした時よりも派手さがあって、華々しい印象を周囲に与えるということだ。こういうことは学生時代にはあり得なかったし、ルール違反が出世の鍵だと教えてくれる大人はひとりもいなかった。俺は自分でもやり過ぎかなと思うぐらい怒れるはみだし新入社員になりきっていたのだが、ただ暴れるのではなくしっかり結果も出していたので認められた。学歴だの営業実績だので輝かしい功績のある者は、わざわざ自分を証明する必要もなく、おとなしく黙って業務に励んでさえいれば出世の道も約束されたようなもの、なのかも知れぬが、俺のような出自の怪しいどこぞの馬の骨には何とか自分を売り込む材料がどうしても必要なのだと思っていた。そうして気がつけば俺は出世の階段を見上げるようになっていった。

そのうちにロックスター気取りの振る舞いをする必要もなくなった。どこの担当者も、広報部の意見を真面目に聞くことが多くなったからだった。俺は定期的に時間外勤務も厭わず開発部の連中のもとへ顔を出しては良好な関係を保とうとしていたし、若いということもあって向こうでも俺を歓迎してくれた。

井上《いのうえ》という男は事業部の末端社員で、本社とは別棟のマンションの一階で印刷機だらけの部屋に籠っている、ぶよぶよと太った男だった。その太り方は日本人離れしていて見苦しいほどだったが、大きなダブルの背広にシャツの襟を広げた佇まいは、なかなか雰囲気があって俺は好きだった。いつも台所で大量のパスタを茹でていた。仕事中、口が寂しいときはぽりぽりとポテトチップスを食べ、しかもわざわざトマトスープ缶にサルサソースの素を混ぜて、それに浸して食べていた。コーラもがぶ飲みしていたし、欧米人のような食生活を送っているからあんな体型になったのだと俺は思っていたが、井上は代々肥満の家系で親父も糖尿病に苦労している、笑い事じゃないぜと言い張った。井上はその一室で黙々と仕事をしていた。一日十五時間以上働いていた。広報部が送ったデータをここで印刷していたのだ。一日にポスターが数百枚。井上もまた俺と同じくそれを裁断して一日の大半を過ごしていたが、五十過ぎで癇癪持ちの上、すぐに他人の仕事にケチをつけるから誰からも嫌われていることを俺は知っていた。どうやら元は怪しげな世界の住人らしく、かっとなるとすぐに人を罵倒する癖があるのだった。

「何度同じこと言わすんだテメェこの野郎！」

もちろん俺ともはじめは険悪だったが、いつしか井上は俺を気に入り、その理由は謎だったが、おそらく、孤独だったのだろう。昼飯などよく奢ってくれるようになった。この井上を黙らせておけば、開発部の連中にも睨みが利くことがわかっていたから、俺もことさら親しげに付き合いをしていたのだったが、粗野な上に悪趣味で下品という最低な男だった。

俺が広報部で活躍していたのも、実はこの井上の助力があってのことだった。先にも書いたように井上は社内で公式には平でありながら幅を利かせていたし、怪しげな過去の噂もあって誰からも一目置かれていた。俺が手当たり次第に怒りをぶち撒けて自己演出に躍起になっていた時も、井上が俺の肩をもってくれたので助かったという場面が幾らもあった。井上の後光の威力に気がついてからは、彼の事務所を訪れる度にタバコを買ってきてやったり、時にはパチンコで勝ったからという適当な理由をつけてカートンを届けたりしてやっていたのだが、もちろんこうした貢物は井上を懐柔するのに最も適したやり方であった。彼は大変な倹約家でもあったのだ。

その後井上は不祥事をやらかして姿をくらました。彼のもとには系列店舗で使えるお得なクーポン券の裁断仕事もどっさりあったのだが、彼はこれをちょろまかして、友人たちに転売していたのだ。いくらでも印刷できる立場を利用しての背任行為であった。また彼は自分でもクーポン券を乱用していた。井上の唯一つの楽しみは北欧系売春婦としけ込むことだったが、場所代が惜しかった井上はこともあろうに系列のホテルに娼婦を連れ込み、おまけにクーポン券まで使ってお得に遊んでいたのだった。

そんな阿呆だったが、井上のような味方を得て、俺は己の居場所を確保するために必死で働いていた。一年は瞬く間に過ぎて、俺の給料もほんの少しだが上がり、新入社員の部下がひとりできた。それから四年間、俺は東京第一オンデマンドの歯車の一部として脇目も振らず働き詰めた。この間、俺は恋もしたし、広報部次長にも出世をし、気がつけば二十五才になっていた。

二十

野口の事故死の報せがあった時、ちょうど俺は新規店舗開店のための実地調査で沖縄に出張していた。通夜にも葬式にも出席できない為に、野口の父に電報で弔辞を伝えたが、五年以上も顔を合わせなかったと言っても、俺にとっては永遠の親友だっただけに、その死を受け入れるのは辛かった。

結局ずるずると後まわしになってようやく、次の休みを利用して俺は故郷の町に舞い戻り、改めて野口の位牌に線香を上げに、懐かしい団地へと足を踏み入れた。事前に野口の親父に連絡をとったが、墓参りは遠いから止したほうが良いと言われていた。

五年では殆ど何も変わった様子はなかったが、都会の路地とはまた違った退廃的な雰囲気が漂っていた。

野口の親父は、俺が焼香するのを横に座ってじっくり見届けたあと、

「晃も、会えて喜んでるわ」

と仏壇の遺影を見つめながら呟いた。顔には笑みを浮かべていた。遺影に向かって微笑んでいる野口の親父が何とも哀れで、俺はとても、正視に耐えられず、焼香台から漂う煙を見つめながら、

「晃くんは、ほんまにええやつでした」

と言うのが精一杯だった。

すでに俺は野口の死を努めて受け入れようとしていたし、実際に、仏壇の遺影を見たときには全面的に死を受け入れることができた。俺の中で、野口は過去の人となった。

しかしそんな野口の魂が、いまは仏壇の中の位牌にあると信じている様子の、野口の親父を見たときに、あぁ俺も薄情な人間になったと悲しくなった。俺ははっきりと、ええやつでしたと過去形で呟いたことを悔やんだ。会えて喜んでるわと、いまもそこに野口の存在を確かめるように言った野口の親父に対しても、軽薄な発言をしたと反省した。もし本当に野口の魂が仏壇にあったとしたら、五年ぶりに邂逅《かいこう》した友人から、すでに過去の人として取り扱われた自分の存在を不甲斐なく感じたことだろう。

失礼しましたと野口家を後にする俺に、野口の親父は、また来たってなと明るく声をかけてくれた。俺はまた来ますと答えながら、次に来るのはいつになるだろうかと思った。もう二度と来ないかもしれないと思って、いや、四十九日の法要には間に合わずとも、一周忌には必ずもう一度来よう、そう自分に言い聞かすことで少しでも後ろ暗さをまぎらわそうとし

ながら、団地を後にした。

団地から離れれば離れるほど、野口の死が悔やまれて、また、野口の死が実感として湧いてきて、俺は泣いた。

人の死を受け入れるというのは、その人の亡骸《なきがら》なり遺影なり位牌なり、または生身の遺族に接してから、ようやく、はじまるものだということに、泣きながら気がついた。

それから実家へ行った。母と離婚する際に、実家の物件は処分したことは親父から聞かされていたが、どうしても、実家の現在の姿を、この目で確かめておきたかったのである。

実家の玄関先には、売物件と書かれた看板が掲げられていた。看板制作の職を五年もやっているだけに、文字と看板の空きスペースの比率がおかしいのは一目瞭然だった。やっつけ仕事か、ど素人が急場凌ぎで制作した看板であることは容易に見てとれた。実家の玄関先に、こんな粗末な売物件の看板が掲げられているのは、まるで我が家を愚弄しているように見えて忌々しいかぎりだ。しかもその看板の連絡先には、島田不動産とあったから余計に鬱陶しいやら虚しいやらで、ただでさえ野口の死で感傷に浸っていた俺だ。売物件の看板の前に小一時間も立って、世の無常と、神の無慈悲を呪っていたのである。

親父は、築三十年は経つかというボロなアパートに移り住んで、今はコンビニの雇われ店長としての立場に甘んじているらしかった。もはや商売人でなく使用人となった親父の顔を見るのも家を出て以来だったから五年ぶりで、たった五年でこんなに人は老いるのかと思うほど、親父は年を食っていた。髪はほとんど白髪になっているし、眼力の鋭さも衰えている。猫背は一層ひどくなった。

親父とは日本料理屋に行って昼食をともにした。親父は日本料理屋の名を聞いて尻込みしたが、俺が奢るからと言うと、

「羽振りええやないか」

嬉しそうに出かける支度をするのだった。

別に俺は両親に恨みがあって家を出たわけではないから、久しぶりに会ってみると親父はやはり親父で、食事の間も色々な話に花が咲いて楽しかった。俺は東京でどんなことがあったかを話し、親父はほとんど聞き役で、大して興味もないはずの東京第一オンデマンドの内情までも、実によく聞いてくれた。

親父の商売がうまくいかなくなった時、俺の汗水垂らして稼いだ金まで水泡に帰すのが耐えられなかった。家を出たのはそれが理由だということも打ち明けた。

「それは、ええ判断やったな。俺はもう、ずっと落ち目やさかいな。お母さんと別れてから目がよけい悪なった」

母は音信不通だった。どこで何をしているのか、親父は全然教えてくれなかった。俺は故郷に戻ったついでに、どうせなら母にも会いたいと思っていたが、親父が頑なに所在を教えることを拒むので、諦めて、その日の夜には新幹線で東京へまた戻ったのである。

戻った翌日に、知らない番号から電話があって、出てみると、母の声だった。俺が帰郷していたことを親父から教えられたのだと言っていた。親父は、俺が帰ったあとで、やはり俺にとっては母親なのだと、居所も教えずに東京へ帰したことを反省していたらしかった。

「次戻ることあるんやったら、この番号に電話してんか、え、あんた、元気にやってるらしいな。ええとこ勤めてるんやってなァ」

「そんなええとこ違うけどな。給料だけはええねん。ぼちぼち、がんばってるわ」

「そうかァ、ま、無理したらあかんで」

と、母は嬉しそうに言うのだった。

それから二週間ほどして、また母から電話があった。今度は金の無心だったが、三万ぐらいの金ならと、俺も特別返済の期限を定めることなく、送金してやった。

それから二週間ごとに母から連絡があり、その度に三万円を送金した。そのうち母からどうせならまとめて呉れと、今にして思えば随分厚かましいが、一月分として六万円を送金したのを皮切りに、毎月六万は必ず無心してくるようになった。俺が渋ると、母は何とも哀れを誘う声を出して、生活苦を嘆くのだから堪らなかった。

「あんたには迷惑かけ通しやもんね……ぐすん」

とやられた日には、六万円どころか十万円でも送金しかねないほど俺の胸はずきずき痛んだ。が、いくら生活に困っているとは言っても十万円はやりすぎだ。第一、母は、なぜそんなに困っているのか話してくれない。いや話すことは話すのだが、いつも話の焦点がぶれぶれで、気がつけば一体何の話をしていたのかさっぱり分からないという風だったから、生活苦の根本理由は依然として分からなかった。この時点で、母の健康をもっと案じるべきであった。俺は、母の話の焦点が定まらないのは、俺へ生活のすべてを話すことを躊躇《ためら》っているからだと思っていたのだ。だから色々な話を盛り込んで、わざと、訳が分からなくなる話ぶりをするのだと思っていた。だが実際は、そうではなかった。

二十一

幻覚を見たことがあるなんて人は珍しいかもしれない。俺は見た。あれは俺の狂気というよりはむしろ霊的な何か、だったのかもしれないと今では思っているのだが、最近よく会うカトリックの教誨師《きょうかいし》にもこのことは話していない。話す気になれないのだ。俺が幻覚のことを訴えても、どうせ罪の意識だの良心の呵責だのと結論づけて、話を捻じ曲げてしまうだろうことが分かっているからで、話の落着地点の見えている相談ほど無益なものはないと俺は思っている。とにかく、俺はこの独居のなかで話し声を聴き、そこに在るはずのない人間の足を見た。どんな風にそれを体験したのか少し書かせてほしい。二週間ほど前のこと、夜中、金縛りに遭って目が覚めた。あの圧迫されるような苦しい感覚に久方ぶりのこともあって幾分狼狽した俺は一刻も早く自由になりたかったが、体は頑として動かなかった。そこで力を振り絞り、えいっと力を込めてみた。その時、やけに周りが騒がしいことに気がついた。なんだか周囲には、ラジオのノイズが漂っているようで気味が悪いほど喧《やかま》しかった。得体の知れない雑音は、俺が力を入れれば入れるほど増していくようで、複数人の人間が一斉に喋りまくっているような鬱陶しさが俺を苛んだ。しばらくじっとして、再び起き上がろうと力を入れてみると、意外にも体は軽く、すぐにがばっと体を起こすことができたのだが、その時目に飛び込んできたものがあったのだ。それが人間の足だということに気がつくまで、しばらく凝視する必要があった。その足は靴下を履いていなかった。素足で畳の上に立っていたが男の足にしては綺麗すぎるし、女の足にしては粗野すぎる。窓の外から射し込む月光が照らしていたからなのか、それともやはり俺の幻覚というよりは霊的な何かだったのか、足は青白く生気が無いように見えた。まさに亡霊のそれといった風でもあり異様で、俺はその足の太腿から上を見上げることができなかった。そんな勇気はなかった。俺は、なんだか足のようなものが見えた気がするな、よく見えなかったが、と自分を欺き再び布団の中に潜った。そうして、俺は今しがた金縛りに遭っていたばかりなのだからあれはきっと寝ぼけていたせいで見た夢のようなものだということを自分に言い聞かせた。正気の人間なら誰だってそう考えるのが自然だろう。

ところがそんなことが三度も四度もあり、それで俺は遂にあることを確信したのである。いや実はまだまだ、俺を確信させるだけの現象が起きている。あの金縛りの最中に聞いた耳をつん裂くほどの雑音は、日中でも聞こえてくるようになってきている……。

「うるさい黙れ！」

と独り絶叫したときになってはじめて、とうとう俺の精神力もここまでか、と絶望もしたが、日中に幻視が生じることは一度もなく、そのうちに、雑音の幻聴も落ち着いてくるだろう、というよりは、慣れっこになってくるだろう。そう思うと、さほど気にすることもないが、不意に、がやがやと騒がしく鬱陶しくなることがある。俺はあともう少しは正気でいられるだろうと考えているが、幻視が来るとおそらくすぐに駄目になってしまうだろう。俺がいま最も恐れていることは、この俺自身がそれを幻覚だと気がついていないかもしれない、ということだ。たとえば窓の向こうから聞こえる風音は本物なのか。そこに在ると思っている青木君の手紙は？　冷静になって考えてみればみるほど、すべてが疑わしくなってくる。だがまだ大丈夫だ。せめてこれを終わらせるまでは正気を保っておくのが俺の義務というものだ。

日中の幻聴というのは、四六時中、団地の奥様方の井戸端会議を耳もとで聞かされているような、サウナのなかで耳の遠くなった老農夫に周囲をぐるりと取り囲まれ、雑談を聞かされているような……。その二つを一つに、しかもかなりいい加減にミキシングしたようなものといったほうが正確かもしれない。とにかく滅茶苦茶だ。幻聴は好き勝手に喋りまくっている。

しかしこんなことを周囲に明かせば、この俺が発狂したと認めるようなものだから誰にも打ち明けず秘密にしているのだが、今これを書いてみて存外自分が慌てずに、自分の幻覚症状に向き合えているのだということが分かった。というわけで、たしかに俺は幻聴にも参らされているのだが、頭のほうはいたって正常、もちろん生まれつきの愚かさは別として、頭はまともに働いているということがはっきりしただろう。ここのところが曖昧だと、あの事件のことは俺には責任能力が無かったのだという主張だと受け取られかねない。それではまるで意味がない。そんなことでは、折角の俺の捨て身の骨折りが全て無駄になってしまう。それでは報われないよ。俺がこんな手記まで書いて正気を保とうというのも、この俺が責任能力なしだと思われるのが癪だからで、それでは島田がただ不運に見舞われた男のようになってしまう。島田が死に値する屑であることが有耶無耶《うやむや》になってしまうじゃないか。

俺が正気を保とうとすれば、たとえ後々正気を失くしたとしても、保とうとしたという事実は俺が正気だったことの証明になるはずだ。おそらく俺は軽度の統合失調症なのだと思う。その原因というのは、まず間違いなく、睡眠不足にある。判決が下りる前から十分睡眠は不足していたが、手記に手をつけてからは余計に眠れなくなった。眠っていても いつも鮮明な夢を見て寝た気がしない。きっと睡眠不足が祟って精神というか脳髄のほうが疲弊し切っているのだろう。それでわけのわからない信号を自ら発して、自ら混乱しているのだ。くそ食らえだよ。

広報部で外回りの役目に無我夢中になって働いていた頃も、睡眠不足が高じておかしなことになったことがある。その時はまず精神にではなく肉体に異常反応があり、それはひどい下痢だった。来る日も来る日も下痢が続いて、乳酸菌だの何だのと山ほど錠剤を飲んだがすべて無駄だった。満員列車のなかで腹痛に襲われた日などまさに地獄行きの有り様だったが、満員列車……。

まったく、あんなものによく乗っていられたものだな。大の大人が恥ずかしげもなく閉じかけのドアにすべり込んできたりして、ケツをひねって後方の先客を奥に押し退けまでするのだから。なぜああも図々しい真似ができるのだろうかと、俺は不思議でならなかった。

そういえば今思い出しても下痢になりそうなことがあったな。

その日も俺はいつ来るかいつ来るかと腹痛が起こるのを恐れながら吊り革を握りしめていた。月曜日の朝の出勤時で、周囲が絶望的な雰囲気なのも相まって俺は本当に苦しかったのだが、何より苦しいのは、せめてもの救いに、座席に腰かけられないことだった。座席にはすでに口を開けっ放しにして眠りこける中年オフィスレディや、周囲の迷惑も顧みずにがさごそ日経新聞を読んでいる見るからに万年平社員の給料泥棒で埋まっていた。列車が停まってドアが開くと、時計じかけの機械人間たちが群れをなして車内に押し寄せ、俺の両隣にも群れが詰めてきた。車内をぱんぱんに鮨詰した列車は何事もなく発車し、我々鮨どもは揺られていたのだが、その揺れに乗じて俺の足を踏みつける大馬鹿者、しかもこんな朝の出勤時からハイヒールを履いた太々《ふてぶて》しい態度の淫乱女がいたのだった。あまりの痛さに思わず声が出そうなほどだった。それほど強く人の肉を踏み潰しておきながら、淫乱女はどこ吹く風で……見ればどうやら男連れ、妙な長髪でしかも毛先をカールさせ、安っぽいフレームの眼鏡をかけたど阿呆丸出しの間抜け野郎を連れている。女はその間抜けの耳元で何やら囁くようにしてニタついていたが、それを聞く間抜けのほうもニタついていて、俺はそいつのほうと目が合った。男はすぐに目を逸らした。と、今度は女のほうが俺を見た。さすがに最低でも申し訳程度の会釈ぐらいはするだろうと思っていたらツンとした態度で、見下すような調子で俺の服をじろじろ見たと思うと、いかにも「カスめ」という風に視線を間抜けのほうに戻した。ただでさえ腹痛で世の中を呪っていた俺にそんな仕打ちをするとはな。眼鏡猿のほうに抗議すると「因縁はやめてください」と来たもんだ。鮨詰状態では手も足も出されないと見くびりやがって、随分舐めた態度で挑発されたが、雌豚は冷たい目で俺のほうを見ているだけだった。眼鏡猿と雌豚を追って途中下車しようともしたが、奴らはまるでライブ会場に慣れた者のようにすいすいと群れの中を進んでいって、俺がドアに辿り着くときにはすでに次の乗客が押し寄せてきていた。俺はその乗客の波に押し返されて結局、やられ損だったが、言うまでもなく、その直後から、最低最悪の腹痛に襲われ、肛門の穴を引き締めるのに俺は汲々《きゅうきゅう》として、脂汗をにじませながら必死で吊り革にしがみついて通勤したのだった……その頃の暮らしぶりの縮図のような光景だ。まったくひどい目に遭っていた。

あんなひどい乗り物を、よく思いついたものだよ。一人頭幾らと乗車券を売りつけておいて、人間一人分のスペースですら確保されていないんだから。何なら駅員のほうで押し込んでくるのだから恐れ入ったよ。農場から出荷される牛か豚のような扱いだったな。まあ人間も牛や豚と同じようなものだが。それにしても、あれはひどかった。

とにかくその時は下痢に苛まれ、次には精神的に参った。ところが受診してみると医者はカフェインの摂りすぎではないかと言った。俺は正直に、ブラックコーヒーとコーラを一日十本ちかく飲むことを申告した。それでしばらく緑茶でさえ禁止ということになったのだが、俺は、そもそもは睡眠不足から始まっているというのに、いまさら緑茶を止して何になるのか、さっぱり、理解に苦しんだ。禁止すべきは過労であって今すぐドクターストップの診断書を書けと思った。俺がそんなにカフェインを摂取するのも、毎夜毎夜の残業と、朝の眠気を少しでも和らげるためであって、それぐらい、俺は広報部の激務に追われていたのであった。

医者に自分に必要なのは睡眠薬だと説いてようやく処方してもらったピリミルド〇・五ミリグラム錠が程よく俺の神経に効き、帰宅後はそれを飲めば朝までぐっすり眠れるという風になった。だがしばらく続けていると、やがて効かなくなって、別のより強力な睡眠薬が処方された。ハリシノフ〇・二五ミリ錠で、これは相当効いたが、間もなく、ロビレース一ミリ錠というものになり、その頃には、起床後三十分間は言語障害のようになっていたが、それでも睡眠薬は手放せなかった。おそらく睡眠薬のような化学成分の副作用だろうが、よく眠れはしても日中の気分はさほど良くないことが多くなり、そうして段々気分が塞ぎがちになった。

朝は、一日がはじまったことが重圧で、おまけにまだまだ眠れるほど体も怠いから、いやでも気分は曇った。夜は夜で、一日が終わったことに対する虚無感と、すぐにまた夜が明けるという現実が重圧になって、どんどん鬱屈していった。唯一の救いが日中の仕事で、朝行くのは厭でも行ってしまえば知らず知らずのうちに集中している。そうして憂鬱な気分から逃れられるのだった。俺はそこに逃げ込むように仕事に打ち込んでいたのだった。随分馬鹿げた仕事も多かったが、当時の俺には何か重大事のように思えていた。だからこそ、体に鞭打ってまで取り組んでいたのだ。さすがにその頃は睡眠不足で神経は参ってはいても幻覚とは無縁だった。

話は戻るが、現在の俺の幻覚だが、幻視の場合、あれは悪夢の一部だったということもあり得るわけで、幻聴に関しては、これはまぁ、疑いようがないけれども、症状としては軽症というか、正気を失ったというほどではない。ちょっとした記憶の錯綜、神経の混線ぐらいのものだと俺は思っている。

あと数年も過ごせばこの環境にも慣れ熟睡できるようになるのだろうか。数十分おきに目を覚ますようなことは無くなるのだろうか。そうなれば幻聴はもとより憂鬱ともおさらばすることができる。とにかく今はできるだけの安眠を心がけている。ぐっすり眠れるということは幸せなことだ。

看守に泣きついて睡眠薬を頂戴するというのは、いかにも奴らにひれ伏したという感じがして厭だ。それに睡眠薬はあの頃の虚無的な心理状態を彷彿させるから、それも厭な理由のひとつだ。今の俺があんな虚無的な心境になるのはまずいだろう。とにかく熟睡しなければ俺のほうは症状が酷くなる一方だ。どうせ眠れないのなら書くことにするか。書くペースを上げればその分だけ俺がこのレースに勝つ可能性は高くなるのだ。レースに勝つ？　よく分からんが。

二十二

睡眠不足にもへこたれず、というよりはとっくに抵抗する気力も失って数年、この俺も三十を過ぎる頃には、すっかり会社員の生活に慣れ親しんでいた。俺は洋子《ようこ》という名の女と同棲していた。内縁の妻といってもよかった。

洋子は東京第一オンデマンドに事務員として入社した、俺より九つも年下の女だった。大して美人ではなかったが、さすがに九つも年が離れていると仕草や身振りだけでも可愛らしいと思うのだ。俺もまだ二十代の後半で、彼女はまだ二十歳にもなっていなかった。彼女は少し太っていたので事務員のスーツ姿に魅力があった訳ではない。ただ実に綺麗な真っ白な肌をしていた。それと上品な標準語を話すのが俺の気に入って、食事に誘ってみた。三度目の食事のあと、関係をもった。その頃には俺も、立て板に水を流すような口ぶりで、女を口説く真似もできるようになっていたのであるが、ここでドンファンぶって女遍歴をくどくど書くつもりはない。三十頃までは、連日連夜の残業過多に苦しみながらも、その憂さ晴らしに、どんな女でも口説けそうなものなら片っ端から口説いていたのだ。恥知らずな振る舞いも随分した。安酒場に引っかけられるために来るような女ばかりを相手にしていたから、その後の交際費も安くついていいや、などと嘯《うそぶ》いて、染みだらけの布団カバーや、トイレに髪の毛が散乱しているような場末の連れ込み宿でもお構いなしだった。ディナーはラーメンでもあてがっておけばそれで十分だった。そんな風にしてこの世の春を謳歌していたと思われそうだが、その当時から、充実とか満足とは無縁の春であった。盛り上がるまでが一心不乱で、ことが済めば一刻も早く独りになりたくなっていた。まったく虚しい生命力の濫費であった。

洋子の場合もはじめはその程度だったが、安酒場に屯《たむろ》する女たちよりも知性は目立ち、また歳の割には落ち着いた性格でもあったので、一緒にいて楽だった。長時間ともに過ごしても苦痛にならない女だった。

彼女はすぐに東京第一オンデマンドを辞職し、別の会社で事務の職に就いた。というのも東京第一オンデマンドは社内恋愛を一切禁止していたからだ。発覚すれば即解雇であった。ご法度の社内恋愛を理由に会社を追われた男と女どもを何組か知っていた俺は、洋子にそのことを言い含めて、辞職させたのだった。

辞職させるからには、真剣に付き合いをする気があるのだと思ったらしく、洋子は、俄然、積極的になって、あれよあれよという間に洋子の荷物の大移動がはじまって、同棲がはじまったのである。

俺ははじめに住んでいた鶴川のシェアルームから、練馬駅付近のマンションへと移っていたが、そこもワンルームで手狭だったため、洋子の荷物の置き場所にも困る始末だった。そこで思い切って、中野の住宅地にある、一戸建ての賃貸に引っ越すことにした。そこは、やけに細長かったが、居間と台所を別にし三つ部屋（一つはロフト）があり、二人で暮らすには十分の広さだった。ロフトを寝室として、互いに一部屋ずつ扉のついた空間をもっていれば、たとえ喧嘩をしても、どちらかがすぐに家を飛び出したりして収拾がつかなくなるような事態にはならない。洋子は喧嘩になっても黙って嵐が過ぎるのを待つタイプだったが、それでも俺は、一人一部屋は最低条件として不動産屋を巡り、中野の賃貸を見つけたのである。

再び荷物の大移動がはじまった。

引っ越し屋などに頼んでは法外な手間賃をとられると、すべての荷物を人力で運んだ。二人して大荷物を抱えて地下鉄に乗る際など、他の乗客に露骨に嫌な顔をされたものだった。大変な思いをして荷物を運び終えたとき、こんなことなら最初から引っ越し屋に任せるべきだったと後悔した。それほど大変だったのだが、存外飄然としている洋子を見ると、やはりこの倹約は正しかったのだと自らに言い聞かせて、浮いた金で、新たにＩＨ対応の鍋などを買うことにしたが、洋子は俺の判断にひどく感銘を受けたらしいのだ。女にとっては、自分の縄張りを尊重されることは、自分の存在意義を認められたに等しいのだろうか。鍋やら包丁を新調しただけなのに、洋子の喜び方はクリスマスの子供のようだった。

「そんなことで喜ぶんか。可愛いな」

と俺は思った。

洋子は女房気分で、俺の下着を洗ったり干したりするのでさえ、やぶさかでない様子である。料理もよく作ってくれるし、その献身的な態度には心を打たれるものがあった。疲れて家に帰ると、洋子が肩を揉んでくれる。一緒に映画を観ていても、洋子は俺の掌のツボを必死に押さえてばかりいる。そのうち足裏マッサージもいつものコースに導入されて、洋子にマッサージして貰わねば、疲れがとれた気がしないというぐらいになった。何事もこんな風に、洋子はよく俺に尽くしてくれていたのだ。だから、というと損得ずくのように思われるかも知らんが、俺は洋子を心から愛するようになったのである。

愛するようになった……と書いて俺は今自分の書いた文章に戸惑っている。愛するようになった……。愛するとは一体何なのだろう。親が子を想う気持ちのことなのか。それに類する気持ちはすべて愛と形容して良いのだろうか。そうだとしても、俺には子供がないから、子を想う気持ちといわれても判然としない。だが俺は確かに、洋子のことを愛するようになったという実感があった。かつて千尋に抱いていた感情は、愛ではなく、恋であったことにも気がついた……? ……愛だの恋だの、こんなことはすべて、観念上の遊戯に過ぎないね。それを愛と呼ぼうが恋と呼ぼうが、朝顔と呼ぼうが、どうでも良いことだ。重要なのはそこに気持ちがあることだ。大切にしたいという気持ち。幸せになってほしいと願う気持ち。そういう気持ちが芽生えたことを書きたかったのだ。そうだ。俺はそういう気持ちを洋子に対して抱くようになったのだ。また同時に、洋子を己が所有しているという、そういう気持ちも強く抱いたことを、白状しておく。

一年ほども同棲を続けていると、否応なしに彼女の嫌なところも目につくようになったが、それでも良いところと悪いところを天秤にかければ良いところの比重が重いのは明らかで、いつまでも籍も入れずに同棲したままで放っておくのも、言ってみれば内縁の妻としておくのも洋子に対して、また洋子の両親に対しても悪い気がしてきた。俺も三十の齢《よわい》をとうに過ぎている。ここらで所帯を持とう。洋子に肩を揉まれながら、にわかにそう思った俺は、肩を揉まれているその姿勢のままで、俺と結婚する気はあるかと訊ねた。洋子は、夕食は中華で良いかと訊ねた時と、ほとんど変わらぬ平静さで、ある、と答えた。じゃあ、結婚しようか、と俺が言うと、俺の発した、じゃあ、が相当にカチンと来たらしく、じゃあって何なのよ、と来た。

「じゃあってことは、なに、私が結婚する気があるって言わなかったら、結婚しようとはならないってこと？　そんなぐらいの気持ちなの？　結婚てそんなもの？」

平常は借りてきた猫のように大人しい癖に、こんな時に限って、まったく女というやつはと思いながら、

「いや、それは違うよ。じゃあっていうのは別に、それでは、とか、それならば、とかいう意味とは違う。そして、みたいなものやな。接続詞とでもいうんかな。別にじゃあという単語に意味があるわけじゃない。そこに意味をもたせて、色々言われても困るよ」

などと答えた。我ながら苦しい言い訳だと話しながら思っていたのだが、存外、彼女はそうとは捉えなかったらしく、

「そうなの？　……」

「そう」

「本当に？」

「本当に」

「本当に？」

「……本当に」

「本当なの？」

「……ほんまや」

「でも、何だか嘘みたい」

「俺が嘘ついたことあるか」

「そう言われてみると、ないね」

「そやろ」

「ばれてないだけなんじゃないの？」

「聞き直す。俺が嘘ついて、今まで一回でも、それがばれたことあるか」

「うん、ない」

「そやろ、そやから、俺の気持ちに水差すのは止めて、素直に喜んだらどうや」

「でもあとが怖いからなァ」

洋子はなかなか、俺が結婚しようというのを信じなかった。というよりは、おそらく、はぐらかして照れを隠していたのだろう。俺は結構、意を決してプロポーズした積もりだったのだが、肩を揉んでいる相手から、じゃあ結婚するかと言われても、まともに信じるほうが馬鹿を見る気がするのは当然といえば当然。なるほど、こういう場合の時のために、指輪というものがあるんかと、はたと気がついた俺は、翌日から再度プロポーズする為の指輪を求めて、百貨店を回って相場を調べた。少しでも見栄えのする物はべらぼうに吹っかけて来やがる。指輪など指にはまれば良いのであって余計な装飾は要らんと、心底思っていたが、絶世美人の従業員相手に息巻くのも恥ずかしく、美人に言われるがまま、あらゆる指輪を見せられ、宝石の種類のちょっとした講義まで受けて、そうなるともう、無地の指輪など、ただの金属の輪にしか見えなくなってくるから、俺は催眠術にかけられたようなものだった。自分で言うのも何だが、俺はこういう場合、抜け目がないのだ。クレジットカードも現金さえもろくに持っていないので、いくら催眠術にかけられ、欲しい欲しいと思っても、その場からは一旦退かねばならない。そうして一度退けば、しばらくすると催眠術は解けて、また冷静な気持ちで相場調べに戻れるのだった。

しかし俺は、指輪の相場を調べながら、売り場の係の美人を見る度に、どうせならこんな女と……と思ってしまう。何より大事なのは心だ性根だと頭では理解しても、目の印象には論理を吹き飛ばす力があるのだった。洋子への愛情さえ疑わしくなってきた俺は、売り場の美人とは、結婚してからでも浮気すれば良いんだと勝手に決めつけた。こんな事は、もしこの手記が公になれば、女性からの反感を絶対に買うだろうから、そんな己の、不埒な心境などわざわざ書いて敵を増やすこともないのだが、やはり俺は、真実を書くとはじめに決めた以上は、真実を書きたいのである。念のため言っておくが、婚約指輪の相場を調べながらでも男は別の美しい女を見れば、その女との恋を夢想するのである。これは誰でも同じだ。俺だけに限らない。どんなことでも例外があるように、無論、俺のこの主張にも例外はあるだろうが、そんな例外は人間らしくないね。煎じ詰めれば男だけではなく女だって、こういう風に浮気心があるものなのだ。その本心を巧妙に隠蔽するかどうかの問題であって、俺がいま書いたような按配で本音をすべてぶちまけると非難囂々となるのはおかしいと思う。そういう人間は、自分のケツの穴から糞を垂らしておきながら、下水場の付近が臭いから何とかしろと文句を言うのと同じである。何とかしろと言う前に、己のケツの穴を埋めたらどうなんだ。そうすりゃ糞一個分は臭いがとれるぞ。偽善者ども。

………。

婚姻となると俺と洋子二人だけの問題でないから洋子の両親に挨拶に行って、正式に、結婚を申し込んだ。

洋子の両親は式を挙げてほしいと希望したが、俺も洋子も式などする気は毛頭なかった。上司同僚、友人その他を大量動員すれば祝儀の採算だけでも結構良い儲けになりそうだとは思ったが、式場の手配からコース料理に引き出物にと、考えただけでも面倒だ。費用を渋って、というか煩雑な手配を億劫がって、何事も簡素がよろしいと、程度の低い式を挙げても俺の評判を落とすばかりである。別に世間の評判などどうでも良いが、普段付き合いのある人、いや、結婚式に招待しようというような特別な付き合いのある人たちからの評判が落ちるのは、これは実生活の上で必ず何かしら不都合が出るだろう。困る。

昔観た白黒の時代劇映画で、吝嗇な商人が己が妻の葬儀に際して、客人に茶ひとつ出さず、陰口叩かれる場面があったが、それと同じようなことが起こり得る。夕食に招待する側よりも招待された側のほうがいつでも、一言余計に物申す権利があるというものだ。

俺は当時から無神論者ではなかったが、さりとて神道にもキリスト教にも興味がない。それは洋子も同じだった。わざわざ神の前で、永遠の愛を誓ったところで、それがまったくの徒労に過ぎぬことは、日本の離婚率が四割近くというのを鑑みれば誰でもすぐに気がつきそうなものだ。そのデータが真実かどうか俺は知らない。ただテレビでそう言っていたのを鵜呑みにしているだけだ。けれど、やはり、周囲を見渡して、離婚率は高い。

しかも洋子が言うには、結婚式場に非常勤で傭《やと》われている牧師は、大抵、英語学校の教師がアルバイトの片手間にやっているに過ぎない偽牧師で、日当は一万五千円から二万円というのだから心底、呆れた。

キリスト教といえばカトリックもあるのに、どこの式場へ行ってもチャペルの造りはプロテスタントの流儀で設計されているのも、できるだけ装飾に金をかけずにチャペルを安く仕上げようという魂胆が見え透いている、とは洋子が教えてくれたことだが、まったくとんでもないことだ。要するに、誰も彼も宗教などどうでもよくって、ただ形だけ、婚礼パーティの余興のひとつに儀式ごっこをするぐらいの気持ちで、神不在の偽教会と偽牧師に、婚約者を死ぬまで愛し続けることを誓っているのである。

ちょうどこの章を書いている最中、教誨師の牧師さんと面談があったので、このことを訊ねてみると、たしかに牧師の資格の無い者が牧師の衣装を羽織って儀式の真似事をするのは怪しからんことではあるが、偽教会だからといって神不在、という俺の考えには同意しかねると言われた。神は遍在するというのである。たとえ正統な教会でなくても、そこに集う人々が、そこに神を見出せば、そこには神が有るのだ、なぜなら神は遍在しているから、神を見出せる者にとっては、たとえ今俺がいるこの独房にだって神の存在を認めるだろう。以上のような教誨師さんの言説はまことに説得力があった。これまで神といえば、どこか遠くの場所にいると漠然と考えていた俺にしてみれば、こんな死刑囚の独房にまで神様が居らっしゃるとは全然思えないが、見える者には見えるのだと言われれば、何とも反論のしようがない。さすがにプロの言うことには抜かりがない。

さて、俺と洋子は結婚式などさらさらやる積もりはなかったが、それでも洋子の両親の為にと、洋子の実家のある神奈川県横浜市の平井神社にて挙式のみ執り行うことにした。費用は三十万円にも満たなかったし、これらは結局、すべて洋子の両親が出してくれた。

俺のほうからは誰ひとり親族が来ないと知って、洋子の両親は訝っていたが、両親が既に離婚していることや、そもそも親戚とは縁を切った三人きりの家族であったことを打ち明けると、それからは一切、俺のほうの親族については何も言わなかった。俺は電話で結婚する旨を親父と母に伝えたが、二人とも、あぁそうかぐらいのもので、それでも母は式に出たがっていたが俺のほうで断った。

断続的にではあるが、母の金の無心はかれこれ数年来続いていたし、洋子の両親や親戚と下手に付き合いを持たれては、前後見境なしに洋子の両親へ金の無心をして、平穏な家庭生活を乱す恐れもあったからである。

挙式は実に簡素なものだった。時間も三十分ほどで終わった。初穂料は気持ちでと言われて、それじゃあ五千円でも包んでおくかと思っていたら、洋子の両親は十万円は包まないと格好つかないと言い張った。そんな法外なと思ったが、十万円の初穂料といえば、まさに相場の額であると後で知った。

挙式を済ませたあとは料亭で飯を喰らって解散となった。「川浪《かわなみ》」という料亭だったが天ぷらがやけに油っぽくて、料亭を出るころには身体が怠くて仕方がないほどだった。こんな油だらけの料理に、一人前一万三千六百円とはふざけてやがると洋子にこぼすと、結婚式場でコース料理となれば、さらに味は落ちるし、金額は上がるのよと言われた。一生に一度なども重大事のように結婚式を祭り上げて、そうして新婚夫妻と両親のお祭り気分に乗じて、まったく阿漕《あこぎ》な商売をしてるぜ。そう嘆いたのは日も暮れかかる頃、中野の自宅に戻ってからだったが、そんな風に妻に向かって愚痴をこぼす自分の姿が、実に夫らしく思えて、その時、本当に俺は結婚したんだと気がついたのである。正直言って幸せとも何とも思わなかったが、ただ、自分がようやく真面《まとも》な人間に成れたような錯覚があり、結婚の幸せよりも、自分が真人間に成れたことのほうが嬉しく、さっそく俺は、洋子の両親はじめ挙式に参加した親族一同へ、礼状を書いた。書きながら、これも実に真人間らしい行動だと、自惚れたものだった。

二十三

ここ最近、俺の周囲で、刑執行の徴が頻発している。教誨師にも打ち明けられずに俺は様々な徴を刑執行の前兆であると考えて、じっと座っていることもできない状態である。徴というのは、俺の頭で考えていることが、外界の何らかの現象として、反応を示すことだ。例えば、ひょっとすると明日執行なのかも知れないと考えると、窓の外から、得体の知れぬ鳥か何かの鳴き声が、何発か、聞こえてくる。その発声のタイミングたるや俺の思考のリズムに合わせているとしか思えぬほど完璧だった。はじめは例の幻聴の一環ではないかと疑っていたが、執行ではないかと考えたまさにその瞬間に看守が現れることもあり、単なる幻覚ではなく、周囲の出来事が俺の思考のポリグラフと同調しているのだということに気がついた。グラフの波形が高くなったり、尖ったりすると、決まって何かしらの現象が顕れるのである。これはあの時の啓示にも通じるものだが、いま俺の周囲で起きていることについては何か不吉な予感がする。

この手記を書くのを休んで、テレビを見ていた時のことだ。その日は映画を真剣に観る気力も失せていたから、ぼおっと昼のワイドショー番組を観ていた。俺は頭の中で、何でもGと略するのはややこしいなと、脈絡なくそんなことを考えていた。Gメンといえば政府役人のことであるが、ギャングのこともGという。性感帯も、ペンの種類にも、腕時計にも、ゴジラもゴルゴも皆、Gと呼ばれる。なぜだ。なぜそんなにGの略称が多いのだと、訳の分からぬことを考えていた時だ。ワイドショー番組の、画面右上のテロップに、話題とは一切無関係に、G、と赤文字で表示されていた。俺は驚いた。そりゃそうだ。そんな処にGなどと表示させる意図も必要も、そのワイドショー番組には絶対になかった。しばらくGと表示されたままで、コマーシャルを挟むと、そのテロップは消えていた。一体何だったんだと俺は恐ろしくもなった。考えているうちに独房からテレビは撤去されて、その日もろくに眠れずに、あのテロップは何だったんだろうと、俺は一晩中考え続けた。幻覚なのか？　だがなぜテレビのテロップなんかを？　可能性としては、テレビ局の人間が誤ってテロップを表示させたというほうが自然である。しかしなぜその操作ミスと俺の思考が同調しているのだ。

夜が明け、正確な時間は分からぬが、多分九時にもなっていたのだろう、こつこつと足音が廊下から響いてきた。その音を聞いた刹那、俺はあれだと思った。すべては刑執行の徴だったと気がついた。なぜGのテロップに俺の思考が同調したのかといえば、わざわざここに書く必要もなかろう。ＧＯＤである。徴はやはり神からの啓示なのかもしれない。

とにかく俺は足音を聞いた瞬間に、フリーメイソンのシンボルを思い出した。まだ裁判にも至る前、気を紛らわせるのに、やたらフリーメイソンの陰謀論関係の書物を読み漁っていた。そんなものが流行していた時でもあって次から次に陰謀論の新説が刊行されていた。俺はそれらを所持金を崩してまで購入して、読み漁っていたのだ。その時に見たメイソンリーのシンボルを思い出した。Ｇ……。

足音は俺の居る独房の前を通り過ぎた。俺は心の底から安堵したが、すぐに遠くの房から泣き叫ぶ声が響く。その叫び声が、俺を身体の芯まで震わせ、その日はもう手記を書く気にもならなかった。あのテロップが徴であったことは確かなことだ。そうでなければ辻褄が合わない……俺はまだ正気のはずだ。

二十四

洋子との新婚生活は、取り立ててここに書くほどのようなものはない。そんな事を言えば、今まで書いてきた俺の人生すべてが別に特異なわけでも、教訓的なわけでもない。ただ書くことで救われる思いがするので、正気を保つためにも書いただけだ。数えてみると、原稿用紙が二百五十枚を超えている。俺はこれを書いたあと直ぐ読み直したきりで、通しですべて読み返したことは現時点で一度もない。はじめから読み返せば、きっと、破り捨ててしまうだろう。

とにかく、洋子との生活も仔細に語れ、などとは恐らく何処からも苦情は来やしないだろうから、先を急がせてくれ。俺が洋子とどんな生活をしていたかなんて退屈な話は、もういいだろう？

親父が脳梗塞で倒れたと病院から知らせがあったのはある木曜日の夜だった。重篤らしくできればすぐに来てくれと言われた。すぐに直属の上司である部長に事情を説明して、金曜日を欠勤にしてもらえれば、土・日を挟んだ月曜日には復帰できるだろうことも伝えて、翌朝の始発で、洋子を置いて、一人で新幹線で故郷に戻った。現在、親父が居るのは地元にある米岡《よねおか》総合病院とのことだった。

着いたのはまだ午前九時頃であったが、病院の待合はすでに老人で溢れていた。受付係に電話で父重篤の報せがあったと伝えると、すぐに白衣を着た青年が颯爽と現れて病室まで案内してくれた。

病室の壁はところどころ剝がれ落ちて、床には妙なシミがたくさんあった。蛍光灯ではなく窓からの自然光が室内を照らしていたので、差し込んだ陽光によって、ホコリの舞う様子がつぶさに見てとれ、それがまた小汚い印象となって俺の目には映った。

親父はベッドで意識不明だった。それはただ麻酔によって眠らされているだけだと青年医師が教えてくれて少しは安堵したものの、死相とでもいうのか、親父の顔色は土色になっていて、とても生きているようには思えないほどだった。

脳梗塞についてはそれまで何も知らなかったが、医師の経験によれば、親父は回復しても十中八九、後遺症が残るという話だった。

医師の話を聞きながら、意識のない親父の姿を見ていると、もうこのおっさんも六十近いのだな、自分も早晩このような姿になるのかなと、ふと思った。このまま死んでくれたほうが、俺にとっても親父にとっても楽なのかもしれないとも思った。薄情なやつだ。

親父はコンビニ店で棚卸しをしている時に倒れたらしく、救急搬送されたのである。すぐに米岡総合病院で緊急手術を受け、命は繋ぎ止めたものの、栓塞《せんそく》といって、血管が塞がった状態が長かったために、浮腫《ふしゅ》や腫脹《しゅちょう》で脆くなった血管からの出血が懸念されるとのことだった。これが起きると、回復は難しいらしく、またこれがなくて順調に回復したとしても、何らかの後遺症は残るだろう……医師の説明ははっきり言って難解至極でよく分からなかったが、その後、大きなモニターのある個室に連れられ、そこで親父の脳をスキャンした画像など見ながら、嚙み砕いて説明してくれた。そこでようやく脳梗塞について理解できた。

一旦東京に帰る頃には、親父も意識があって、呂律《ろれつ》の回らぬ舌で、うぅうぅと呻くほどには元気があった。俺の目が慣れたのか、はじめて病室に来た時よりは、顔色も良くなっている気がした。

親父には俺以外に身内はいない。医師はその唯一の身内である俺が、遠く離れた東京に戻ると知って、悲痛な表情を浮かべた。俺には医師の目の鋭さを見て、親不孝者めと責められているように感じて気まずくなった。何かあればすぐ電話くださいと言って病院を後にした。

金曜日から日曜日の午後まで故郷に居たのだが、ビジネスホテルをとるのも勿体ない気がして、親父のアパートで寝起きしていた。そこで目を覚ますと、親父はいつもこんな風景を見て一日をはじめていたのかと思った。そうして眠る時には、親父はいつもこんなにがたぴしと少し風が吹いた程度で音のするアパートで、独りで寝ていたのかと思った。日中は病院に詰めたままだった。長らく独りきりで数日過ごすことなど無かったから、一日中じっくりと物事を考えられるのが新鮮であった。俺は自分の人生を振り返って、親父にも母にも全然、孝行していないことに思い至った。母には小遣いを送ってやっていたから少しは孝行した気もする。だが親父には、何一つ、していない気がした。気がしただけではなく本当にしていないのだった。

中野の自宅に戻ると、俺は洋子に相談があると言って、真面目な話をする場合は必ず戸外に出て歩きながらと、結婚した時に約束していたから、散歩に誘った。こうすればどんな諍いが生じても、お互い感情的にならずに理性で話し合いの解決ができるだろうという意図があったが、今度の場合は、俺が一人で勝手に感情的になって泣き出したりしないか自分で自分が心配だったのだ。

夜風に当たりながら歩いていると、洋子と二人で散歩しているこの時間が途轍もなく貴重な人生の一瞬であるように感じた。

あるように感じていたが、実際に、貴重な人生の一瞬であった。

俺がなかなか話を切り出さないので、洋子のほうから、お父さんの話でしょうと切り出してくれた。

「そうや」

「そんなに、悪いの?」

「まだ分からん。けど、たぶん、悪い」

「そうなんだね」

それから歩きながら、親父には誰ひとり身寄りがいないことを改めて洋子に話し、遠方に住まうのを理由に親父を捨て置いては後になって後悔しそうだから、親父を引き取ってこっちで面倒見たいがどうだろうと話した。

「うん……」

「わかってる、大変やと思うから、嫌なら嫌やって正直に言うてくれよ」

「でも、私にとってもお父さんだからね」

その一言で十分だった。俺と洋子は、親父を引き取るための、あれこれの準備をはじめようと決めた。その夜、夜中起きだした俺は突然泣けてきた。洋子は気がつくと黙って俺の頭を自分の胸に抱き寄せた。洋子の胸で涙を流していると、これまで感じたことのない平穏な気持ちに満たされた。その平穏な時間をできるだけ引き延ばしたくて、俺はわざと自分で自分をけしかけて涙を流した。気がつけば号泣していて鼻は詰まるし、しゃっくりのように息が上がるし、大変だったが、そんなに泣いたのは何時ぶりだったろうか、そう思うと、俺も随分、冷淡な人間になっていたんだなとしみじみ思え、余計に泣けた。

翌日。俺は会社に出勤して、溜まっていた一日分の仕事をこなしていると、米岡総合病院から電話があり、出てみると、親父の精密検査の結果が出たとのことだった。

次はいつ来れますかと問われたので、ちょっと今すぐにはいつとは言えないと答えると五秒間ほどの沈黙のあと、急に抑揚を抑えた低い声になり、実は、と切り出された。癌だった。精密検査で発覚したという。脳梗塞もトルソー症候群という癌の合併症で起きた可能性が高いとのことだった。要するにもうすぐ命が尽きるという話だ。

余命幾ばくも無いのなら、せめて近くに居てやりたいという気持ちから、電話のあとすぐに部長を呼んで相談したところ、事情が事情なだけに部長も親身になって考えてくれた。部長の父母はまだ健在らしかったが、俺の親父よりも高齢で、おそらく他人事とは、思えなかったのだろう。休職という形をとってしばらく休めばよいと言ってくれた。しばらくと言って、しかし、親父の命がいつまであるのか、わからない。俺の不安を見てとったのか、部長はすぐに、まずは半年程の休職として受理し、上役にはそう報告するから、延長するなら延長すると、また連絡を呉れれば良い、いつかは誰もが通らねばならぬ道だ、気を落とさずしっかりなと、努めて明るい顔で励ましてくれた。

洋子に電話でその旨伝えると、蓄えもないわけではないし、休職して悔いのないようにするのが良いと思うと言った。

その日、溜まっていた一日分の仕事をこなしたあと、広報部の皆に会議室に集まってもらって、事情を説明の上、しばらく休職すると言って、会社を後にした。

俺が思っていた以上に、広報部の同僚も部下も、俺のことを案じてくれている様子だったのが嬉しかった。この時俺は、他人からの親切や心配りに深く感謝した。まるで今までの自分が、他人の親切に対してまったく鈍感であったような気がした。目が開かされる思いだった。

その時点では、俺は広報部に戻る積もりだった。が、遂に俺は東京第一オンデマンドに復帰することはなかったのである。

その経緯は、これから書くが……。

少年時代から回想して、この手記がだんだんと現在に近づいてきた。近づくにつれて、筆を取るのが億劫になっている自分が居る。書くことで救われるのは、書いている間は他事に心を彷徨わせることが無いからだが、放っておけばどこに彷徨うかと言えば、それはこれから自分がどうなるのかということ。死んだあと自分がどこに行くのかという、死後の世界に彷徨ってしまうのである。

死刑が確定している以上、この手記は、死刑執行を迎えて終幕となるのは分かっている。だからいよいよ事件の核心に迫るところまで手記の年代が現在に追いついてくると、俺は書くことで救われるどころか、目を逸らしたい現実を否が応でも直視せねばならず、正直これほどしんどいものだとは、思わなかった。真実を書きたい、書くからには真実を書くと息巻いていたが、いざ核心に迫ると真実を書くことは俺にとって重圧になった。

青木君は執筆に際して、決して書いた原稿を振り返るなと何度も手紙で助言をくれた。先へ先へ進んでください、辻褄が合わなくとも矛盾していようとも構わないから、まずは、お仕舞いまで書いてくださいと、いつも手紙の結びにはそんな激励の言葉が書かれていた。

　正直、俺はもうここで立ち止まりたい。

……しかし、この地上との最後の繋がりである青木君と交わした約束だけは、破りたくない気持ちもある。原稿料のお銭だって、青木君は自腹を切って差し入れてくれているのだ。

　ここからは駆け足になるかも知れぬが、お仕舞いまで書き通すことができるか、ひとつ、人生最後の挑戦をしてみようと思う。

二十五

　俺と洋子は親父の名義で契約していたボロのアパートに越した。いつ親父がくたばるのか正確な予想などあるはずがないので、中野の家は一月後に解約するという話で決めた。必要なだけの荷物を持って俺の故郷に行き、後から欲しいものがあれば送ってもらえば良いと、俺の分の荷物も合わせ、一切合財を洋子の実家に移したのである。

　余命幾ばくもないという親父の容態を側で見てやるために、アパートから病院に通う日々がはじまった。

こんなことになると分かっていれば、まだしっかりしていた内に洋子を伴って親父に会いに行ったのにと、人生の無常を知らなかった俺の怠惰が悔やまれた。

親父は意識もあるし目玉も動かせたし、こちらが何かを言えば分かっている様子でもあったが、話そうとすると舌がもつれるらしく、その度に、口から唾液が滴り落ちるのだった。その滴り落ちた唾液を拭き取るのに、何ら嫌な顔を見せない洋子を見て、俺は良い女房をもらったと鼻が高かった。

親父に洋子を紹介しても、うぅうぅ唸って舌をもつれさせるばかりで、本当に俺の妻だと理解しているのか定かではなかったが、僅かに口を歪ませたのが、無理に笑顔を作ろうとしているようにも見え、苦しいはずの親父がわざわざ愛想笑いをするのは、きっとお前のことを認識したからだと、俺は洋子に言ったが、内心、そうなのだろうかと自分でも半信半疑の仮説だった。洋子はそれを聞くと、

「本当？」

と屈託のない笑顔で言って親父の手を握り目を見つめ、

「私のこと、わかりますか」

と親父に尋ねた。相変わらず唸って唾液を垂れ流すだけだったが、洋子の問いかけには明らかに反応していたから、こちらの話は理解しているのだなと分かった。

しばらくすると親父は眠ってしまう。病室は二人部屋であったから、カーテンの向こうには別の患者が居るので、俺と洋子は親父が眠ると外へ行って昼食をとるなどして、またしばらくして病室に戻る、そんな風の繰り返しで一週間は早くも過ぎた。

はじめのうちは新奇さもあって、ボロのアパート暮らしを楽しんでいた洋子であったが、どでかいゴキブリが出現したのを契機に一刻も早く新築のアパートに移りたいと言い出した。ゴキブリが這い回るようなところで、うかうか寝ていられないというのだ。都会育ちのくせに、ゴキブリが怖いのかと俺が笑うと、子供の頃は平気だったが中学生の頃に家の壁にはりついていたゴキブリが突如、羽をばたつかせて宙を舞い、洋子めがけて突進してきたのだという。突進してきたゴキブリが洋子の額にバチンと音をたてて当たったその時の感触がいまもって忘れられぬほどの気味悪さで、あのゴキブリの羽音もトラウマになったのだという。まさかゴキブリが飛ぶとは思わなかった。今でも、自分と同じ空間にゴキブリが居ると分かれば、いつ飛んでくるかと畏れて本当に神経が休まらないのだと言う。話を聞けば結構本気のトラウマ体験だったようなので、俺も見過ごしにはできず、勿体ないが、新しくアパートを契約することにした。

どうせなら病院の近くがよかろうとのことで米岡総合病院から徒歩五分程度の立地に、手頃な物件を見つけ、すぐにそこに入居したのである。親父のアパートは荷物もあるし、ひとまず置いておくことにした。どうせ家賃三万円程度だから、物置を借りていると思えば良いのだと、余裕をかましていた俺だったが、それが誤りの元だった。

貯金は三百万円以上あって、いくら何でもそうは容易く、俺が十年がかりで築きあげた富の城壁は崩れぬだろうと、甘い了簡でいたのがいけなかった。

ある夜、洋子は、現実的に、親父に関する費用から二人の生活費まで、微細に亘《わた》って計算し尽くしたと断った上で、このまま無収入でいて貯金を崩すばかりでは仕方がない。パートに出ると言い出した。

俺の財産は銀行預金の三百万円だけではなかった。当時の時価にして五百万円分ほどの有価証券を有していたのである。株を持っていることは洋子も知っていたが、どうせ端金だと見くびっていたのだろう、まさか銀行預金を上回る証券を保有しているとは、考えつかなかったらしい。だから俺には株のことなどまるで尋ねてこなかったし、あくまで洋子は銀行預金の三百万円で色々な費用を勘定していたのである。洋子と違って株を売れば相当な金になると高を括っていた俺がいけなかった。洋子がパートに出ている間も、のらりくらりと部屋の片付けもせずに、親父の見舞いといってもぼんやり座っているのが殆どで、字義通りの金食い虫であった。しかし自分で貯めた金を食うのだから良いだろうと、一向俺は危機感を持たなかった。第一、東京に戻ればいつでも自分の席があるという安心感があったのだ。

それから大変な事態が起きた。親父の見舞いに現を抜かしている間に、まったく俺の与《あずか》り知らぬところで、俺の持株の殆どを占める、某有名自動車製造会社が破産寸前となっていたのである。株価は一株二千五百円だったものが、ものすごい速度で売却され続けて、まさか二千円は割らずに回復するだろうと思っていたらそのまさか、いつ売れば良いかと親父の見舞いもそっちのけで、毎日、株価をチェックしていたのだが、千五百円台になってもう落ちるところまで落ちた、あとは再び上昇あるのみだと、信じた翌日九時十五分にはストップ安となった。

そのまた翌日には僅かばかり回復したが、翌週月曜日には二度目のストップ安を記録して、株価は千円を割った。証券会社の担当に問い合わせると、もう今売ったほうが良いかも知れぬと覇気の無い声で言われた。今更一株何百円で売っては大損だ。どうせ大損なら万が一の起死回生に賭けてやる。一株五百六十円にまで落ちている株を、いまある預金で買い占めれば、もし千円台にでも回復すれば、少しでも損害を抑えることができる、まさかあの会社がこのまま消えるはずがない。この暴挙は洋子の大反対の為についに頓挫したが、結果的にはそのほうが良かった。

結局、株価は三百二十二円で三度目のストップ安となり、その後も絶望的な下降線を辿って、百円台で売り買いされるまでになり、とうとう、一株十五円にまで下がった。まだ大丈夫だ、まだ大丈夫だ、ここまでは大丈夫、ここまでは大丈夫と、売るタイミングを逃した俺は、こうして富の城壁を崩壊させた。十五円にまで下がった株価は一度、五十円にまで上がったりしたが、もうどうでも良かった。その会社は上場廃止となって持株二千は紙くずに等しくなったのである。一株一円であった。五百万円あったはずの持ち株がたった二千円になった。俺がこの時、どんな精神状態にあったか、経験の無い者には分からないだろう。これ以上、この話は書きたくない。

二十六

教誨師との面会の日だった。執行までの待機期間である今、当たり前だが人と話す機会は限られている。人恋しさを紛らわすために、宗教を建前にして話し相手を寄越してもらうというわけだ。仏教、キリスト教、神道、イスラム教と、一応なんでも揃っているが、結局、教義よりも教誨師との相性が合うかどうかのほうが重要となる。俺は信仰にさほど興味があるわけではないが、死んだあとこの俺がどうなるのかということは、気にならないわけではない。やはり地獄に突き堕とされるのか。

どこにも行きはしない。消滅する。この俺という存在は完全に消え去るのだ。骨は残るかもしれない。だがこの俺という存在は、骨だけで出来ているのではない。意識がある。だが意識は消滅する。その意識はどこへ？　こんな永遠の謎かけに、一人で挑むのは心細いものだ。そこでその道のプロに助けを求めるのだが、彼らだって何も、あの世に往《い》った経験があるわけじゃないから、ずばり説教するというよりは、ともに思案し、彼らが真理と信ずる方向へ俺の思考を誘導するようなやり口で、俺を感化しようとする者が多かった。

神社にお詣りにも行けば、葬斂《そうれん》は住職にというように、俺はまったくの平均的な日本人の信仰心しか持ち合わせていない。つまり全面的に神なるもの、あるいは仏なるものを信用してはいない。すこぶる懐疑的である。でありながら、賽銭泥棒は何より後ろめたいことだと思うし、他人の墓を蹴るのは恐れ知らずだとも思う。

真言宗の坊主とはどうしても相容れることができなかった。あいつは本当の異常者だ。自分がしてきた善行をこれでもか、これでもかと語っていたよ。よく聞けば、自殺を寸前で食い止めただの、宝くじの当選金を若くして旦那を亡くした未亡人に呉れてやっただの、実話かどうかも危ぶまれる美談ばかりで、そうしてひとしきり己の自慢話をしてから「ところで、あなたは何か善いことをしましたか?」とくるのだ。しましたか、だと。当たり前だろ。善いことを全然しない人間が世の中にいるのか。そういう舐めた態度が気に入らず、浄土真宗の坊さんに鞍替えした。この人はとても感じの良いお坊さんで、見た目はトラック運転手といっても通用しそうなほど俗っぽさがある。それが親しみやすく、聖職者だということを感じさせない。見た目はそんな風だが、頭の出来は勿論良い。難しいことでも平易な言葉でシンプルに説明できる賢人だ。

ところが浄土真宗のおっさんが持病の再発とやらで、しばらく、教誨師の役目を辞することになっているのである。まだあと二ヵ月ほどは会えないそうだ。俺はカトリックの神父に教誨を頼んでいる。今日もそのカトリックの神父とお会いしていた。ちょうど親父について書いていたこともあって、人間の命というものについて、神父と話をしたところだ。いつも時間が限られているから、煮詰めた話ができないのが残念だ。お互いに、また会うことがないかもしれないということが分かっているから、別れ際はいつも、何ともいえない気まずさがある。この話の続きはまた、と言いたいのだが、それはお互い絶対口にはしない。それでは、さようなら。それだけだ。現在の俺の一日は、常にさようならと言っているようなものだな。虫けらにもさようなら、だ。もう明日は来ないかも知れない。

独りきりで房の中にいると、もう俺なんて死んだも同然だという気になってくる。もう二度とこの敷地からは出られないのだ。俺にとってここは巨大な棺おけだ。どれだけ強がってはいても、教誨師さんの存在は大きい。すでに死んだも同然の者にとって、ともに笑い、同じ空気を吸ってくれる生きた人間が傍にいるのは、何よりの、慰めになる。話し相手がいるということは、自分が亡者でないことの証明になる。

神父さんは手記の続きを書けと助言してくれた。包み隠さず事実を書き、告白することが、贖罪につながるというのだ。俺は別に、許してくれなんて思ってやしない。懺悔《ざんげ》するつもりはさらさらない。まさか罪を悔いる手記だなんて。そう言うと、神父さんは、それでは、自分のためにも書けば良いと言った。自分が救われると思うものを書けば良いと。

「神は人の心を常に見ておられるが、たとえどのような意図であれ、その人がとった善き行動を見てもお喜びなさるのです」

……とにかく書くとするか。たしかに、書けば救われる思いはするしな。

二十七

洋子には、例の大恐慌については打ち明けなかった。もともと妻の頭に無かった金が、無くなっただけの話だ。そんな大金をみすみす棒に振ったと知れば、俺ばかりか、妻の精神状態にも悪影響だと判断し、隠した。

妻は俺が思いつきではじめようとした株式投機を、自分の反対を呑んで諦めてくれたと信じていたのだ。本当は、妻が反対しなければ、銀行預金まで紙くずにしてしまうところだったとは、言えなかった。

親父の命は予想以上に、この地上との結びつきが強く、医師の絶望的な予測に反して、結局半年経っても生き延びていた。もってあと二ヵ月と言われていた人間がその倍以上も生きている。とすると、さらにあと半年生きることも考慮しなくてはならない。いや、それ以上かも知れぬ。

こうなってくると、生き永らえて欲しいのかどうか、自分でもよく分からなくなった。さっさと死ねとは夢にも思わないまでも、この状態がいつまで続くのかと不安であった。洋子もそれは同じだったはずだ。

親父は右半身不随の後遺症のために歩くことはできないし、喋ることもままならない。しかし筆談によって会話が成り立つほどにまで回復したのである。医師もこれは奇跡ですとすました顔で言っていたが、お前この間まで二ヵ月で死ぬ死ぬと俺を脅かしていた癖に、いい加減なことを言いやがってと、俺の不安は怒りとなって医師への憎悪に変化しつつあった。

親父の命が繫がった為に、計算外の出費も増した。すでに洋子は薬局にパートで勤めていたが、俺は、あくまで休職中という体でもあるから、なかなかバイトに行く気などしない。デザイナーであれば、パソコンさえあれば自宅で幾らでも仕事が出来ただろうが、俺はそのデザイナーを指揮することはできても自分でデザインはできないのだった。かと言って、今更、地元で派遣会社のピンハネに甘んじるのも厭である。大体、その頃の俺は、株の失態の傷も生々しく、てんで就労意欲など湧かなかった。

生活を支えるのは洋子であったが、俺の虎の子の銀行預金が二人の未来を支えている。俺はそう考えて、洋子にだけ働かせていた。それで何をしていたかというと、別に、何もしていなかった。気が向いたら本を読んだりしていたが、今から思えば、中身の空っぽな本ばかり読んでいたな。百冊読んでも名著三行分ほどの教訓しか抽出することのできない駄本を読破しては、賢くなった気でいたのだからお笑い種《ぐさ》だ。それで百冊も読まなかったから実際俺の頭に残っているのは一行にも満たない。その一行でさえ信頼に足るかどうかといえば際どいものだ。時間の浪費であった。当時の俺はそうとは知らず、東京第一オンデマンドに復帰した際に役立つようにと、真面目に勉強に取り組んでいる積もりになっていた。その頃読破した本のタイトルは、この一つを挙げておけば、当時の俺の知的水準がどの程度のものであったかが知れるだろう。そのタイトルとは、『フェルドマン博士の管理職のためのマネージメント術』だ。

そんな腐った本を読んでいる間に、東京第一オンデマンドでは、広報部の部長が別の部署から来た者に取って代わられ、元の部長は開発部の現場担当の部署に移っていた。それを知ったのは休職六ヵ月を迎える直前であったが、広報部に戻ることはできない、ポストに空きがないから暫くは元の部長とともに開発部で大いに活躍してくれと、顔も知らない新部長に電話越しで言われ、俺は気分が悪かった。親父も奇跡で生き延びているし、もう半年の休職を願い出たところ、新部長はあっさり承知した。

電話を切ったあと、もはや俺の居場所は無くなったのだと悟った。なぜ元の部長が左遷となったのか、なぜ俺も道連れなのか、休職中の身の俺には、何一つ分からなかった。

元部長に直接連絡してみたが、要領を得ぬ返答ばかりで、言葉の節々に左遷となったことへの自己憐憫が感じられ、俺はあまり執拗に問うては元部長に悪いとも思え、すぐに、電話は切った。

地元にはホワイトカラーの職はなかった。いや、ない筈がない。しかし俺を雇うところは一つもなかったのだ。東京第一オンデマンドへの復帰自体、雲行きが怪しくなって以来俺は色々な企業に面接に行ったが、どこでもお断りされた。三十半ばをとうに過ぎた男はそう簡単に、自分の望んだ仕事には就けないのだ。印刷工場で働いていた頃、そんなことを上司が言っていたのを思い出し、俺は苦虫を嚙み潰す思いで、また新たな面接地へと、向かうのだった。が、事務員の職にすら、とうとう就けず仕舞いであった。

俺は十数年も会社員をしていて、すっかり世間というものを知らずにいた。また本当の意味で、俺にはこれができますと言える、何らずば抜けた技能を一つも身につけていなかった。俺はあの広報部の中では有用であり、己のことを有能であるとも錯覚していたが、それは東京第一オンデマンドという大組織の歯車の一部として存在していたから有用であり有能であり得ただけで、一度、そのシステムから外れれば、忽ち無能の人となることを俺は知らなかった。俺が有能であった訳ではなく、俺の存在を利用する会社の機構こそが有能であったのだ。

俺が職探しに躍起になっている頃、野口の法要があり、俺は、中学時代の悪友仲間のひとり、江崎から連絡を受けて、一緒に行こうと誘われた。自分のことで精一杯ですっかり野口のことなど忘れていたが、俺も一人で行くのが億劫だった、などと言って、はじめから行く積もりであったように装っておいた。

江崎と会うのは、俺が東京へ出て以来だった。法要の日の朝に落ち合って、江崎の車で、会場のある栄福寺へと向かった。その車中、江崎が今は島産グループの社員になっていることを知った。

帰りには二人で飯を食いに行って、そこで旧友の心安さもあって俺は現在自分の置かれている境遇を打ち明けた。江崎は、島産グループに来れば待遇は良いから、お前さえ良ければ俺からも口添えしてみるが、どうだと言った。江崎は島産グループの産廃業に携わってい て、契約先の工場を回って廃棄物を集めて回るドライバーが慢性的に不足しているから入社は容易だと言った。俺が乗り気でないのを見た江崎は、島田のことなど、気にするなと言った。もう中学時代の古い思い出に過ぎないではないか。島田のほうでもお前のことは忘れているだろう。たとえ忘れていなくとも、島田は、野口の葬儀に際して、誰より一番大きな供花を贈ったんだぜ。それも中学以来、一度も付き合いのなかった野口に対してだ。今更、お前だけが島田のことをこだわるのは滑稽だよと、言われてみれば俺も四十代を前にして中学時代のことをいつまでも根に持つのは可笑しい。

その週のうちに、江崎が間を取り持つ形で、二十数年ぶりに邂逅した島田恭司の姿をこの目で見た時、俺は驚いた。俺なんかより遥かに目鼻立ちもすっきりしていて男前だった島田が、今では太りすぎて昔の面影などまるで無かったのである。そのぶくぶく太った様は貫禄さえあったが、その太り方は、どこか金持ちらしい肉のつき方だった。何というか、太ってはいるのだが、肉が硬そうというのか。

随分気まずい空気になると覚悟していたが島田は微笑みを絶やさず、昔のことはもうお互いに水に流そうと、しきりに俺のグラスにビールを注いだ。

その日は俺も江崎も島田も、浴びるほど酒を呑んだ。島田は、現在の妻と、二人の女の子の写真を俺に見せて自慢気であった。子供のいない俺には、富豪がどうのということはどうでも良く、ただ可愛らしい女の子を二人と子宝に恵まれた島田が羨ましかった。そして心底幸せだというような顔つきで、飽きもせず写真を眺めている島田を見ているうちに、こいつも変わったのだなと思った。

島田は酔いも回って涙もろくなっていたのか知らぬが、今後俺が、たとえ島産グループの社員となっても、職務上の立場の違いは就業時間内だけに留めて、会社の外では、五分の付き合いをしてくれと男泣きに咽びながら言うのだった。俺にはかつての旧友が何より尊い存在なのだと島田は続けて言った。そうして鼻水を啜りながら、これは少し芝居がかってはいたが、机に手をついて俺に向かって頭を下げたとき、島田の禿げが可なり進行していることに気がついた。その禿げ上がった頭を見ながら俺は、いつかの偉人が言った名文句を思い出していた。

「時は偉大な作家なり、いつも最善の結末を用意している」

……現在の俺の姿が、最善の結末であったかどうかは分からない。兎も角、その時、俺はその名文句を思い出し、昔のわだかまりは本当に水に流そうと考えたのだった。

俺は島産グループの産廃部門で、廃棄物回収ルートを回るドライバーとなった。中学時代の俺がその姿を見れば、きっと未来に絶望して自殺しただろう。

「だが二十年の時の流れは人を変える……」

俺は仕事をしながら努めてこう考えていたものだった。

「中学時代の俺など、どこを探したってこの地上にはもう居ない。そんな存在しない者のことなど、いちいち気にしていては、この現在という時を真に充実させ享受することはできない……」

二十八

とどのつまり、その頃の俺は腑抜けも同然で、洋子と幸せな家庭を築く、ということだけが唯一の目標という退屈至極な玉無し男に成り下がっていたのである。

子供を授かることを期待していたし、洋子も若く健康だったのでその点に関しては何ら不安もなかった。勿論子供の誕生から我々の死まで幸福が永劫に続くなどと考えてはいなかったが、どんな苦労も揉め事もきっと乗り越えられるものだと信じていたのだった。平穏な家庭生活を営むという理想が、まさか俺の独りよがりな夢物語だとは露ほども思っていなかった。洋子も俺と同じ気持ちを抱いているのだとばかり盲信していたのだが……まさかあんな事になるとは……結局それが俺の宿命だったのかもしれないな。人はそれぞれに定められた星の下に生まれてくるのかもしれない。結局のところ俺はこの生涯でなにひとつ摑みとることができなかった。手で水を掬うように幸福を摑み損ねるばかりの人生だった。

馬鹿は馬鹿なりの努力もした。確定死刑囚である今、お前の努力など鼻くそをほじる程度のものだったと罵られても仕方がないかもしれないが、それでも、まあ、書かせてくれ。

この手記をはじめから読んだ人なら、当時の俺が一体どんな気持ちで島産グループに勤めていたか、少しぐらいはお察し頂けるものと思う。それはもう屈辱なんて言葉では表現し尽くせない悔しさだった。そりゃもう小便を飲まされるような思いだった。島田個人への恨みはもとより、取るに足らない底辺ながらもホワイトカラーとして手にしたそれなりの地位を失った無念さ、おまけにせっかく貯めこんできた財産も消失したという、にわかには信じられない己の運の悪さにも腹が煮え滾る想いだった。高校卒業間近にあれほど落胆した現実、

「長い物には巻かれるしかないのか」という無力感から発したあの頃の魂の問いかけに、「そうだ」と答えねばならない現在のこの自分自身にさえ憎しみを抱くほどだった。

禿げた島田恭司が頭《こうべ》を垂れて涙を流しているのを見たとき、たしかに、俺はすべて水に流してしまおうと思った。それは島田恭司との因縁だけを流してしまおうというのではなく、この人生で遭遇してきたすべての不条理に対して、和解の気持ちを抱いたのだったが、突然の方向転換のためしばらくの間は、黒い感情を引きずったままだった。俺はそれをさらに滅しようと努めていた。まさかその努力まで踏みにじられるとは思わなかったが、それは俺が甘かったのだ。

人は年齢を重ねれば丸くなるだの、それが人としての成長の徴だのと、世間ではそんなことがよく言われるが、人の変化というのはとくにその進行具合については、まるで表には現れないものだ。変化は水面下で進行し、表に現れる頃には、つまり自分でもそうだと気がつく頃には、もはやどう足掻いても元には戻れぬほど根本から変化を遂げてしまっている。そうなってから、今さら元のほうが良かったと嘆くのも口惜しいから、その変化を成長だなどと努めて前向きに受け止めているに過ぎない。俺が腑抜けになったのも、世間の見方によれば成長したということになるのだろうが、その逆の可能性だってあるじゃないか。つまり退化しているという可能性が。

何れにせよ、俺は自分自身の内面に巣くっていた屈辱や怒り、山中の濃い霧のように人生の旅路にまとわりついてきた憂鬱症を、平気で見て見ぬふりをする薄野呂の臆病者になっていったわけだ。見て見ぬふりはしていても、屈辱や悔恨といった悪感情はやはり拭い難く、まるで信仰に疑問を抱いたキリスト者が無我夢中になって疑いの気持ちを滅しようと努めるが如くの憫然《びんぜん》さで、己の真実の感情に背くことに慣れ切ってしまっていたのである。

つまらないことに目くじら立てて、一体全体どうしようっていうんだ。エネルギーの浪費だよ。気楽に生きろよ。人生は短いんだから。嫌なことは忘れて踊ろうよ……そうして踊らされている間に、俺はすっかり、腰抜けになってしまっていた。

その後島田に愚弄されることになったのも、俺自身がそんな体たらくで、だらしのない男になっていたからだとは、認めるのは辛いが、そういうことだろう。いまさら、何を言っても後の祭りでしかないが、問題に直面せずいい加減な始末をつけていると、最悪の事態を呼び起こすということだな。俺にはもはやこの教訓を生かす機会はない。死刑囚の処世訓など鳩の糞より価値はないかもしれないが、一人の人間として警告しておこう。日和見主義は破滅を招く。

…………。

島産グループに入社して以来、俺は毎日、地元の工業団地を廻って産廃を回収していた。主な仕事はトラックの運転だけで、廃棄物の積み下ろしに手を貸すこともたまにはあったが、大抵、作業の間も運転席に座っているだけでよかった。時には一日に処理場と工場を何往復もしたが、ラジオを聴きながら田舎町を走るのは何とも長閑で、純粋な業務にはさほど苦痛はなかった。

工業団地というのは人里離れた山奥に整備されていることが多く、饐《す》えた匂いのする都市で長らく過ごしていたせいか、随分と田舎の空気が美味く感じられたものだ。トラックを路肩に停めて、遠くの山にまで伸びる田園や茶畑の風景を見ながら煙草を一服するのが楽しみのひとつで、雨の日は運転席の窓から山々の頂きをながめていた。この頃、俺はぼんやりと過ごすことが多くなったが、それは年齢のせいかもしれない。二十代の頃よりも静かな環境、風やら鳥のさえずりといった自然音に浸ることの心地良さも知った。もはや釈迦力になって仕事をしようという気はなかった。株式会社島産で出世しようなどとは微塵も思わなかったし、まずは安定収入さえあればそれで満足だった。思えばこれぐらい肩の力を抜いていれば仕事も楽なものだ。東京第一オンデマンドに入社した当初も、俺は何ひとつ気負ってはいなかった。それがいつの間にか仕事の虫になっていたのは、俺もとんだ表六玉だったな。

産廃業をこなしていた、そんなある日の夕方、島産の本社に戻り、トラックについた泥をホースの水で洗い落としていた時のことだ。車体に貼られたマグネットシールにふと目が留まり、しばらくそのまま見つめ続け立ち尽くしたことがある。その時俺は、自分がなぜ今こんなことをしているのか、分からなくなった。というよりは、不思議に思えた。そのシールは産廃業の義務表示のためのもので、「産業廃棄物収集運搬車・株式会社島産・許可番号◯

○」とゴシック体で印刷されていた。そのシールに跳ねた泥を飛ばしていたのだが、一体なぜ俺がその泥を飛ばしているのか、ほんの一瞬間だが、その理由が判然としなかった。何なら泥を塗りたくる側の人間の筈の、この俺が、こともあろうに泥をホースで洗い落としている。自分が島産の社員で、島田恭司の使用人であるという単純な理由が、信じられなかった。愚かな株投資のために素寒貧になり、顎をしゃくり上げて職を求め歩いた末、形振り構わず島産の仕事の口に飛びついたのだという単純な理由、実に理路整然としたその理由が解せないのだった。マグネットシールから泥を綺麗に弾き飛ばし、車体側面を乾拭《からぶ》きしながらも、俺はここで何をしているのだろうかと自問自答せずにはいられず、その答えは先にも書いた通り明々白々、のはずが、やはりどうしても理解に苦しむのだった。

そんな状態が恒常的に続いていれば、俺もさっさと島産からは身を退いて、もう少し、精神衛生上にもマシだと思えるところへ転職していたかもしれない。転職できていればの話だが。

邂逅した日に勤務時間外は五分の付き合いをしてくれ、と言った島田に嘘はなかった。株式会社島産に入社してから暫くの間は、仕事に慣れるまではぼちぼちやってくれれば良いと執拗に言われていたし（というわけで俺は本当にぼちぼちやった）、江崎と島田の三人で飲みに行けば、代表と社員という立場は皆忘れたように世間話に打ち解けていた。飲みに行って勘定となると十中八九、島田の奢りだった。地元では有力な金満家だけに、島田はどこでもツケが利き、誰もわざわざその場で金払えとは言わない。店の主は我々を慇懃に送り出し、勘定のことなど少しも口にしなかった。まあ、そうしておいて、あとから何かしらの名目で一割ほど上乗せ請求する気でいたのだろうが、俺は気がつけばいつもほろ酔いの体で運転代行の軽自動車に乗り込んでいた。己の境遇に嘆きはしていても、現在目の前で浮かれ阿呆面をさらしている島田本人への恨みの情は、酒を酌み交わす度に薄らいでいったのだった。

そのうち、島田は飲みに出ていくのを嫌がるようになって、宅飲みのほうが気も安らぐし、何より、せっかく職務の立場を忘れて楽しもうというのに、店の人間は決して自分の立場を忘れてはくれないし、何ならしきりと自分が取締役であることを思い出させる、それが義務だとでも思っているようだが、俺はとことん楽しみたいんだ、だから江崎の家でも、俺の家でもいいし、宅飲みしよう、酒も肴もみんなで持ち寄って飲もうじゃないかと、そのうちに、週末は誰かの自宅で飲む、というのが恒例となった。そんな風にして過ごしていると、さすがに俺もいちいち己の運命を嘆いたり、現在己が島産で働いているという現実に対する疑問を呈したりはしなくもなり、明るく、洋子との順風な家庭生活という望みを真剣に求めるようになっていった。人間の適応能力は侮れないものだよ。

自分があれほど呪った島田家の生業の一部になっている、そのことに対する屈辱感は、依然としてあるにはあったし、たまにその黒い感情が頭をもたげることもあったが、酒に酔って気分を紛らわせることに、慣れてしまっていた。だから俺は毎日飲んで、愚鈍な思考能力をさらに一段と鈍くし、己を欺き続けたのだ。しかもそんな酒を、島田当人と酌み交わしていたのだから、笑うしかないよ。

その時はまさか島田が……まったく、俺はいつでもそうだった。まさか、まさかの連続で、まさかそんなことにはなりはしないだろうと甘く見積もりを立てていた、そのまさかが現実となって忽ち思考は乱れ切る。運命は俺に対していつも不意討ちを食らわせて来た。……だが今度ばかりは運命のほうがまさかと声を失くすことになっただろう。少なくとも、島田恭司とその郎党どもの運命にとっては……まさかが現実となったわけだ。ざまあみろ。

おい島田よ、今頃お前は何処で何をしているのだ。お前の魂の行方など知ったことじゃあないが。この屑野郎、騙された気分はどうだ。

二十九

ここからは事件に至るまでの経緯を極力、手短に書くことにしよう。書くに堪えないからだ。

親父が死んだ。

死の二週間ほど前から、親父は筆談によって、母と離縁に至った経緯を俺に明かしはじめた。

母は、佐倉と出来ていたのだ。

その佐倉は、俺が上京している間に、覚せい剤の所持容疑で、逮捕された。挙動不審な佐倉を職務質問した警察官が、車内から覚せい剤〇・二グラムと吸引用パイプを発見、現行犯逮捕であった。

親父はなぜ母が佐倉の元へ走ったのか、佐倉逮捕の報道を地元新聞の事件欄を見て知った時、分かった気がした。

母は佐倉のために覚せい剤の依存症であったらしく、親父はそんな母をどうしても救い出そうと、努力してみたが、結局、無駄だった。すでに母は論理的な会話もままならず、話すことは支離滅裂で、親父はこの状態ではいつ逮捕されてもおかしくない、むしろ逮捕されたほうが母の体には薬になるだろうと考え、警察に密告するかどうか相当悩んだ挙句、遂に何ら思い切った行動を起こせず、母のことは、綺麗さっぱり忘れようと努めた。どうせ離縁して赤の他人となった女だ。転落しようと知るか。だがお前にとっては母親だ。何とかしてやってくれ。それが親父の遺言のすべてであった。

親父重篤の報せがあった頃から、俺は母に再三連絡をとっていたが、母は繋がらなかった。俺が小遣いを出し渋ったために拗ねているのかと思っていた。

親父の話を聞いて、母がなぜあんなにも小遣いを寄越せと言ってきたのか、謎が解けた気がした。どうせ覚せい剤を買うために金が入り用だったのだ。

親父が死んで、とんでもないことが発覚した。離婚の際、俺の戸籍は母の側になっていた。しかし親父には依然として、一人の息子が在ることが分かった。養子縁組した話など知らなかったし、親父も一切口にしなかったが、その養子とは、佐倉なのである。

親父の生命保険が全額、佐倉に支払われたことも判明した。幾らあったのか知らぬが、保険金はすべて、佐倉と母によって、炙《あぶ》り尽くされるであろうことは想像に難くない。

佐倉は未だに島産グループの社員である。こんな事情を、佐倉の親族でもあり社長の島田に話すのは胸糞悪いので、俺は独自で佐倉の居所を突き止め、ある夜、佐倉にことの真相を問い質しに行ったが、なぜか母は一言も発さず、佐倉も開き直って、全然相手にならないのだった。

俺の質問にへらへらして一向答えない佐倉は、突然、靴下を脱ぐと足の爪を切りはじめた。そうして俺の神経を逆撫でするのであった。それを見て、此奴は殺して善いなと思った。佐倉をぶっ殺して母も殺して俺もその場で自害というシーンが脳裏にちらついた。

パチンッという音を立てて足の爪を切っている佐倉。俺と目も合わせず、佐倉の後方に座ってテレビを見ている母。そんなふざけた二人を前に、俺は正座していた。二度目の、甲高

いパチンという音を聞いた時、俺の中でも何かが切れて、おもむろに立ち上がると、

「せいぜい長生きしてくださいな。長生きして苦しみやがれ、くそポン中」

言い捨てて、俺は佐倉の住まうアパートを出た。逆上した佐倉が手を出して来た日には思う壺、金玉握り潰してやると、そういう打算もあって罵倒したのであるが、佐倉は爪を切り続けたまま、何も言わなかったし、何もしてこなかった。

その帰り道、今では友達面の島田恭司に対しても、憎しみの念が再びふつふつと湧いてくるのが自分でも分かった。母と佐倉のことも、佐倉と親父のことも、何も知らずに居た俺は良い面の皮だ。何が五分の付き合いだ。馬鹿にしてやがる。どうせ陰では俺のことをどうしようもない因果者だと嘲笑ってやがったのだ。くそったれめ。江崎も江崎だ。江崎だってことの次第を知らぬ筈がない。まぁ噂に聞いていたって面と向かって俺には言えぬ気持ちも分かるが、それにしたって、俺と島田をわざわざ引き合わせて島産に誘うとは、どういう積もりだ。何奴も此奴も……。

アパートに帰ると洋子が居る。洋子にはこんな事情を説明しなかったが、パートの愚痴ひとつこぼさずに生活を支えてきた洋子の姿を見た途端、佐倉への怒りも落ち着いた。

俺には妻がいる。遠からず子供も産むだろう。俺と洋子の子供には、絶対にこんな最低な気分を味わわせないぞ。そう考えると、あんなポン中どもに煩わされて道を誤ってはいけないと思った。

《後記》

私がこの手記の著者であり、死刑囚である中村正志《なかむらただし》氏から、手記を書く気になった旨を知らされたのは、やりとりをはじめて何通めかの手紙によってである。死刑執行までの五年間、彼、中村死刑囚は、断続的にではあったものの、生涯をふり返った手記の執筆に精魂注いで、看守や教誨師も、そのめざましい執筆量には驚くばかりであったというが、私のもとにおびただしい分量の原稿用紙が、毎週末届けられていたことを知るのは、娑婆では私と、私の直接の上司であるＹＫ出版社の編集部長の二人だけであった。

死刑囚の手記は、これまでにも多く刊行され話題となっている。中村死刑囚も、獄中で多くの死刑囚の書いた本を読んでいた。彼はとりわけ永山則夫著『無知の涙』を好んでいたようである。自らの手記に『無駄花』という表題をつけたのも、『無知の涙』に「水と肥料を施しても花の咲かない無駄花なんだ」という一節があって、その引用なのだと手紙で教えてくれた。私は『徒花』にしてはどうですかと勧めたが、中村死刑囚は「無駄という語感が良いのです」と返事の手紙に書いていた。

私は中村死刑囚が逮捕勾留された頃から手紙でやりとりを続けていた。彼は、手紙を書いても誰からも返事が来ないと私に嘆いていたが、何より嘆かわしいのは、私のような顔も素性も知らない赤の他人に、そんな事を嘆いている自分自身の存在だと、手紙の結びに書いていた。

私は彼の手紙の中で、時に胸のすくような一文や、はっとするような心象描写が散見されることに思い至って、手記の執筆を依頼した。
なお、一部現在の日本語の語用からすると奇異な表現も見られたが、中村死刑囚の意向を尊重し、原文ママとした。

関西毎夕新聞
「倉島署は25日、同市リサイクル業、島田守さん宅にガソリンをまき放火したとして、中村正志容疑者（39）を現行犯逮捕した。島田守さんと長男恭司さん、恭司さんが経営する会社の役員佐倉元昭さんの3人の遺体が焼け跡から発見されたほか、付近の公道では、守さんの妻の佳永子《かえこ》さん、恭司さんの長女と次女、ハウスキーパーの平井聡子《ひらいさとこ》さんが消防団によって保護された。
逮捕された中村正志容疑者は、警察の取り調べに対して、「今はまだ話すことはない」と供述している。中村容疑者が、被害者である島田恭司さんの経営する会社に勤めていたことから、警察は被害者との間に何らかのトラブルがあったとみて、捜査を続けている。島田守さんは２０１５年から18年にかけて市議会議員を務めた。現在はリサイクル業「島産グループ」の名誉会長。公園や遊技場の市への寄贈など、名士としても知られる人物。悲惨な事件の一報に、地元関係者をはじめ多くの人々が悲しみにつつまれた」

東洋ジャーナル

「25日倉島署は、放火容疑で現行犯逮捕されていた倉島市太田町の中村正志容疑者（39）を放火殺人容疑で再逮捕した。捜査関係者の間では、中村容疑者と被害者のひとり、島田恭司さんとの間に、何らかのトラブルがあった可能性が高いとみて、取り調べを続けている。捜査関係者は、放火殺人容疑での再逮捕を機に、事件解明への追及の手を強めていきたいと、報道陣に語った」

中村死刑囚の事件をこのような報道で知った私は、その後、少しずつ明らかになってきた事件の全容に対して、この一見ありふれた事件の裏側にあるものへ、強く惹きつけられるようになった。

逮捕直後は固く口を閉ざしていた中村死刑囚であったが、捜査が放火殺人容疑へと切り替わるとすぐに容疑を認め、「積年の恨みをはらすためにやった」という動機も明らかにした。その後、公判では、事件直前、直後の経過については理路整然と語ったものの、肝心の動機となった因縁の出来事については、何も語ろうとしなかった。

私は裁判記録などから見えてきた中村死刑囚の人間像から、彼には倒錯した善悪観念、複雑な道徳観が内在しているような印象を受けた。公判での彼は一貫して、単純な態度を保ち続けていた。自ら進んで凶悪犯という、単純な印象を与えているかのようにさえ、私には思われた。

中村死刑囚は手記の執筆を自ら「発狂防止」と位置づけているが、私の依頼を比較的すんなり引き受けてくれたのは、公判では沈黙を守ってきた彼も、社会に対しての叫びにちかい想いがあったのだろうと思われる。

私は中村死刑囚の思いつくままに、何でも良いから、書けるところまで書いて、書き終わったらどこかで区切りをつけて、まずは一度、私のほうへ送ってほしいと頼んだ。書けない時には日記でもエッセイのようなものでも良いから、とにかく書いて、送ってもらったものは、コピーを保管した上で返送する。執筆の途中で死刑執行となった場合、未完成の手記でも出版を認めるが、どのような形で出版するか、その最終的な判断は私に一任する、以上のような取り決めであった。

私は中村死刑囚に、原稿料のほんの一部としての前金五万円と、国語辞典、類語辞典、ことわざ辞典を差し入れた。

原稿の嵩《かさ》が増していき、彼が歩んできた半生の全体像が浮かび上がってくるにつれ、この私も彼と同じような、叫びに似た想いを抱かざるを得なかった。彼が引き起こしたような、凄惨でおぞましい事件について論じられる際、世間では決して語られることのない真実を垣間見たような想いであった。結果的に、手記から望める利益よりも、刊行の意義について、図らずも中村死刑囚によって、改めて考えさせられることとなった。

手記に費やした何年ものあいだ、中村死刑囚は私に毎週何通も手紙を送ってきた。手紙にはさまざまな問題への彼なりの考えが述べられていた。彼は時に辛辣《しんらつ》で、私が不用意に書いた手紙のなかの一節に対して、厳しく反証することもあった。彼は教誨師ともソリが合わないとこぼしているが、それは彼の議論好きな性格も影響していた。

いつも手紙はこの言葉で締めくくられていた。「お元気で。さようなら」私たちは、彼に明日のないことを、お互いの手紙で再確認し合っているようなものだった。

中村死刑囚が執筆に行き詰まったとき、私にはすぐにわかった。そうした中断期には手紙の返信も途絶えたし、再開してもなかなか進まなかったり、手記を書くことの精神的重圧を手紙で訴えてくるようになった。しかしいつも手記を書くことで気持ちが落ち着くことを認め、自らを駆り立てるようにして元のペースを取り戻していった。

執筆を依頼した当初、中村死刑囚は拘置所に移されたばかりだった。その頃から、手記にも書かれているような幻覚に悩まされるようになったらしい。幻聴は日中にも続き、彼はそれを睡眠不足から起きる統合失調症の症状だと考えていた。

中村死刑囚は自身の精神衰弱を自覚しながらも、自らを鞭打ってペンによる告白を続けた。しかし手記が事件の核心部分へと近づくにつれ、彼の精神状態も悪化した。そこで私は彼に、時系列を断ち切って、思いつくままに書いてみてはどうかと助言した。彼は私の助言を受け容れて、執筆内容を犯行直前まで推し進め、脈絡のない原稿が数多く書かれた。

「気が進まないなら、無理に書く必要はない」と私は手紙で伝えた。「手記のことは忘れてもらってもかまわない」と。すると二週間後、彼から手紙が返ってきた。「やはり書くことが救いになるようです。続けます」そこで私は改めて激励の手紙を送った。そして、彼も執筆を再開した。

想定していたこととはいえ、執行によって手記が完成を見なかったことは誠に残念である。ここからは、遺された手記の断片、当時の公判記録などをもとに、事件までの流れを追ってみることにしたい。

「道を誤ってはいけないと思った」

中村死刑囚は、その後も、株式会社島産の社員として、産業廃棄物処理の業務に励んだ。

手記にも登場する江崎純一《じゅんいち》さんは公判での証言で、その頃の中村死刑囚は、妻・洋子との間に子供が無いことを気に病んでいたと語っている。

「ひょっとすると嫁は子供の出来ない体なのではないかと、中村君は、そのことをよく相談してきました」

　そんな中村死刑囚が、妻・洋子の不倫を知って遂に凶行に及んだのであるが、妻・洋子の証言によると、

「中村は、私のカバンから経口避妊薬を見つけました。それについての問答の末、私は彼に、島田恭司さんと不倫関係にあったことを、洗いざらい、話しました。中村は私の話を聞くと、今すぐ実家に帰れ、ただそれだけ言って……」

　家を飛び出した中村死刑囚であったが、五分後には再び妻・洋子のもとへ戻り、

「中村は携帯を貸せと、私の携帯電話を取り上げました。その場で携帯を踏みつけましたが、思うように壊れないのを見て、台所へ向かうと、コップに携帯を入れて……」

　水道水で妻・洋子の携帯電話を使用不能にした中村死刑囚は、

「俺に話したことは、島田恭司さんには言うなと、もし、言ったことが後で知れたら、お前の親も親戚も全員いてもうたる……殺すと脅されました。私は本当に両親や親戚が殺されるのではないかと恐れました。次の日の朝、実家のある横浜市へ帰りましたが、いつ中村が家に来るかと、それだけが気がかりでした」

　中村死刑囚の公判での記録、また手記において、明らかに言及を避けていると思える点があった。島田恭司さんの二人の娘が、中村死刑囚の人生に関わっており、彼は娘た

ちの誕生日にぬいぐるみなどプレゼントを贈っている。実は島田恭司さんとも、娘たちとも、家族ぐるみの付き合いのなかで親しくしていた間柄だったのである。恭司さんの妻・島田詩穂《しほ》さんは別居中だったため、少なくとも直接の被害は免れた。

中村死刑囚の元妻・洋子さんの不倫発覚が、一時は親しかった島田恭司さんとの関係が険悪となるきっかけになったことは想像に難くない。しかし江崎純一さんはじめ、かつての同僚たちは、洋子さんの不倫発覚の以前から、島田恭司さんと中村死刑囚の関係は悪化していたと証言している。

株式会社島産で事務員を務める小川瑠夏《おがわるか》さんの証言によると、事件の三週間ほど前、同社事務所内で、中村死刑囚がゴミ箱に唾を吐いたことを見咎めた島田恭司さんが、中村死刑囚にゴミ袋の交換を指示したという。

「喧嘩になるかもしれないと思っていたら、正志さんは黙ってゴミ袋をかたづけました。喧嘩になるかもしれないと思ったのは、正志さんが無言のまま、社長を睨んだからです。二人が同級生で仲が良いのは知っていましたから。社長は無言の正志さんに、子供を諭すような口ぶりで説教してました。冗談っぽく言おうとしていましたが、正志さんは黙ったままでした。そのあとすぐにニュースを見たので、まさかあんなことでと思って驚きました」

しかしこの件に関して中村死刑囚は、一切言及していない。裁判でも「それについて私からお話しすることは、一切ない」としか答えなかった。

株式会社島産　従業員・槇原《まきはら》智《さとる》さんの証言

「いつも夕方の五時頃になると、帰り仕度の前に回収車を清掃するんですが、あれはたぶん事件より一週間ぐらい前のことだと思います。後ろを通りがかったことがあるんですよ。中村はひとりぶつぶつと何か言いながら、作業してましたね。

実は前からそういう癖のあるのは、わかっていました。奇妙な独り言のようなものを、よく言ってました。口をもぐもぐさせて、声には出さないんですが。一度、いま何か言いましたかと訊ねると、中村は驚いてましたね。まるで心の中を見透かされたみたいな反応でしたけど、自覚がないんだと思って、少し気にはなっていましたけど……」

江崎純一さんの証言

「島田社長は深酒することがよくありました。ぼくのことを誘ってよく繁華街に飲みに出かけました。そういうとき、中村くんのことは誘わなかったので、理由を聞くと、運転手がいないと安心して飲めないからというのです。もちろん冗談でしたが、本当に中村くんを呼び出して運転手をしてもらったこともあるみたいです。中村くんはそのことで、ガソリン代もバカにならないとこぼしていました。ぼくが運転手も業務の一環なのかどうかと聞くと、彼は黙ってしまい、それからその話はしなくなりました」

犯行を決断した理由のひとつとして、中村死刑囚の手記の断片から一部を掲載する。ここで彼が暴露する島田守さんについての記述は、何ら客観的証拠があるわけではなく、単なるデマの領域を出ないものだ。私は彼の地元を訪れ、地元住民にも取材を行ったが、島田守さんに関する噂の確証は得られなかった。あえて掲載するのは、彼が被害者に事件の責任を転嫁する心理的な傾向があったことを例証するためである。そのような被害妄想傾向は、手記のなかでも数多く見られるものであった。

手記の断片

《葛藤する俺を後押しするように、奴らの実態を知った。島田恭司の父、島田守が、とある語学学校の理事長と手を組み、さらには国内の売春組織とも結託して、東南アジア諸国からの苦学生に授業料の稼ぎ口を用意しているというのであった。

島産グループという無尽蔵の資金源がありながら、そんな闇商売に首を突っ込む必要があるとは俺には思えなかったが、そこが俺のような庶民、というか貧乏人の悲しさで、あれほどの金持ちが、わざわざ悪を為してまでさらなる金を求めようはずがない、と考えてしまいがちだが、事実は逆で、何が何でもそれを求める貪欲さが金満家で在ることの不可欠の条件なのである。連中はいつでも、自分の手は汚さずに、汚れた金はしっかり受け取る手合いなのだ。他人をぼろくそな目に遭わせて儲けた金で、奴らは赤ワインとステーキを楽しみ、不正と偽善を血と肉にする。奴らの体は隅から隅まで腐敗しているが、奴らは慈善家をきどって赤い羽根を身に纏っている。シャツの下に貪欲の汗をにじませながら、すました顔で一席ぶつ。不正利益の商売敵をスケープゴートに仕立てあげ、糺弾し、世間の目を欺き、弱者の血を吸い上げ続けているのだ。

そんなふざけた一家を根絶やしにするのだと思えば、いよいよ俺の血は全身を逆流するように滾るのだった。なぜなら、もはやこの復讐は俺の個人的な報復行為に終始するわけではなく、悪政の被害者を代表して制裁を受けさせるという社会的使命であるとも言えると思えたからだ。

大偽善者どもめが。色々俺のほうでは摑んでいたんだよ。裏のとれた話だけ絞ってみたって、ひどいものばかり、人格を疑う逸話には事欠かなかった。利益は社会に還元、地域に奉仕と謳いながら、その実態は、極めつけの我利我利亡者だ。不法と搾取で私腹を肥やし、自分たちで垂れながした糞を頬張って生きている貪欲な豚ども。しかし豚の知能は高いというじゃないか。始末に負えん豚野郎どもは、丸焼きにされるのがふさわしい》

また私は、中村死刑囚が残した断片のなかで、事件直前の啓示についての記述を、見逃すことができなかった。彼は妻の不倫発覚後も日々の業務を行っていたのであるが、その日彼は、自分が「生まれつきの不運」であることに「あらためて気がついて」、「宝くじでも、縁日のくじびきでも」人生で一度も当たりを引いたことがないことに失望する。「神は俺をとっくに見捨てた」と、そんな考えに取り憑かれている最中、休憩に立ち寄った自動販売機で、彼は当たりつきのスロットマシンを前にして、「神がいるなら証明してみろ」と、空想の神にむかって念じた。

《その時、7のゾロ目が揃って、見たこともないほど自動販売機が眩く煌めいた。まるで本物のスロットマシンのように、景気の良い音楽が高らかに鳴った。……そういうことか。そうだったのか。その栄光の行進曲が響くなかで、絶対実行することを決意した》

このような啓示についての文章は、事件直前の彼が、自販機のスロットマシンの結果を自らの運命と結びつけてしまうというような関係妄想を抱いていたことを示唆するものかもしれない。彼の妄想は、中村死刑囚自身が診断を下すとおり、統合失調症患者に多く認められる症例でもある。しかし起訴前鑑定でも、その後の精神鑑定でも、心神喪失は認められなかった。

《精神鑑定の結果がどうであれ、世間の人々は、俺の気が触れたのだと思っている。鑑定は免れたが、雇い主に逆恨みした半狂人だと。しかしそれは真実ではない。俺がいくら自分は正気なのだ、しっかりしているのだと口角泡飛ばして弁解したって、しっかりしている人間は、他人の家に乗り込んでいって殺人などしないと言われるだけだろう。だが俺は正気だし、心神喪失を主張する気もない。

もし、俺が狂ったのだとしたら、この世のなかのすべてが俺を狂わしたのだ。サービス残業、税金、満員電車、テレビ、新聞、冷凍食品、洗剤、インターネット、すべてが俺を狂わした。俺を取り巻くすべてが俺の人生を狂わせた。そういうものが正常だというのなら、この俺だって、正常だ》

犯行当時、中村死刑囚がどのような精神状態にあったのか、また彼なりの「社会的正義」を犯行の動機としてどれほど意識していたのかは、今となっては確かめる術がない。いずれにせよ、中村死刑囚は恐るべき犯行を決意し、実行に移した。

妻の不倫発覚から二週間後、中村死刑囚は中古車の軽トラックを現金で購入した。彼は二十リットルのガソリン携行缶をホームセンターで六個買うと、ガソリンスタンドの従業員に怪しまれないようにとの配慮からか、自宅付近の複数のガソリンスタンドを回って軽トラックのガソリンを満タンにすると、自宅アパートに戻って、今しがた給油したガソリンを、今度は携行缶に移し変える作業をはじめた。同じ日に、様々な場所のスタンドに給油しに来る中村死刑囚の姿を、防犯カメラが克明に記録している。またホームセンターの防犯カメラでは、資材置き場や工事用具コーナーを、二時間以上にわたって物色している姿が記録されていた。ここで彼は電動ノコギリと大型の鎌、カモフラージュのためか、バケツと除草剤も同時に購入している。その後、あらかじめ準備したガソリン携行缶と大型の鎌、電動ノコギリを軽トラックの荷台に載せて、事件当日の午後九時四十分頃に、島田邸を訪れた。

携帯電話で島田恭司さんに電話をかけると、

《どうしても相談したいことがあると呼び出した》

呼び出しに応じた島田恭司さんの運転する車が門を出たところを、中村死刑囚は自らの軽トラックを突進させ、慌てる島田恭司さんに大型の鎌を突きつけると、邸内に戻るように指示した。島田恭司さんとともに邸内に侵入した中村死刑囚は、島田家総勢五名を結束バンドで縛り、二階の応接間に監禁した。その後、島田恭司さんに命じ、佐倉元昭さんを島田邸に呼び出させた。事情を知らず島田邸を訪れた佐倉元昭さんもまた、応接間に監禁された。

長年来住み込みで働いている家政婦の平井聡子さんひとりを伴って、邸内中を捜索の上、他に誰もいないと分かった中村死刑囚は、家政婦を一階の玄関前に結束バンドで縛り、軽トラックと島田邸を往復、ガソリン携行缶と電動ノコギリを邸内に持ち込んだ。その後中村死刑囚は島田邸一階部分の全域にガソリンを撒いた。

手記のはじめに「一族郎党皆殺しを企んだ」とあるが、これは事実と異なっている。公判における平井聡子さんの証言記録があるので、ここにその一部を抜粋する。

「彼（中村）は私を縛っていた結束バンドを鎌で切ると、腰を抜かして立てない私にこう言いました。

しっかりしてくれ、あんたには頼みたいことがあるんや、ええか、立てるか。

私は立てませんでした。彼はそんな私の腕をとって自分の肩に回し、無理に立ち上がらせました。

『ええか、あんたはこれから、上（階）にいる子供二人と、母親を連れて、逃げてくれ。それも俺の目を盗んで、あんたの勇気で救いに来たと思わせろ。身内を殺した者の慈悲で生き延びたと思えば、恭司の子供がどういう大人になるか、俺には分かってるんや。子供に罪はないからな。

あんたの勇気のおかげで命が助かったと、そう思わせろよ。そうすれば俺に対しては恨みを持とうが、助かった命を粗末にはせんはずや、分かるか』

彼はそう言いました。私はただ、あの子たちの命は救われるのだと、そう思うと、自分でも不思議でしたが、急に立てるようになりました。もちろん、自分の命も救われるという安堵感もあったのだと思います」

中村死刑囚は家政婦に命じて、女子供を皆逃した。ガソリンの悪臭漂う混乱の最中、突然そんな考えに取り憑かれたとは思えない。おそらくはじめからそういう段取りだったのだろうと私は推測する。

中村死刑囚の弁護人はこの一点を取り上げ、最後まで情状酌量を求め続けるつもりであったそうだが、中村死刑囚本人から固く禁じられた。中村死刑囚はまた後の公判で、家政婦に女性と子供を逃すように命じた理由を、全員殺すのは時間が足りないと思った、生き延びさせて生き恥晒せと思ったと、きっぱり、言い切っている。

中村死刑囚は電動ノコギリで監禁していた島田恭司さんの父、島田守さんの頭部を切断し殺害。さらに島田恭司さんと佐倉元昭さんの両足を切断の上、幾つもの損傷を加え、島田邸に火を放った。駆けつけた消防団の証言によれば、中村死刑囚は燃え盛る島田邸を門前からぼんやり眺めていたそうである。ガソリンによって爆発的に燃え盛った炎はたちまちのうちに島田邸を焼き尽くした。

自らの生涯を時系列に沿って書き進めていた中村死刑囚は、時に、エッセイのようなものも書いている。中村死刑囚の人格を知る上で、私がとくに重要だと思う手記の断片から一部抜粋する。

ノートからの抜粋

《人間は、いまそこにある世界のみを唯一の世界だと信じ込むから、悩みが絶えぬし、明晰な判断も下せないのだ。実際には、いま自分が存在しているのが唯一つの世界どころか、星の数ほどある夥しい世界のうちの一つなのであって、唯一と信じ込んでいた世界から壁一枚向こうのすぐそこに、別の世界があることを人間はなかなか気がつかない。その場を離れてみるまでは、まさか別の部屋があるなどとは想像もしないし、たとえ想像したとしても現実感のある細部に及んだ想像まではできないから、その存在は信じない。しかし、くどいようだが実際には、いまいるこの部屋の隣には、別の部屋があり、そこでは、全然別の営みが行われている。

俺はこの世界というものを蜘蛛の巣のように眺めてみることがあった。いくつもの、大小さまざまの蜘蛛の巣が木に張っている。それぞれの巣は、糸がいくつも交錯して、大きなモニュメントになっているが、時には二つの巣が重なり合って、もっと複雑で巨大な蜘蛛の巣、モニュメントになることもある。縦糸と横糸によって織り成されているその様を人間関係に置き換えて考えるだけのことだが、そうすると、俺はいつでも、自分のすぐ近くに、まったく別の世界、別の巣が張っていることに思い至ることができた。そうすることで、どっぷり一つの世界のなかに居続けて、あれこれ悩んだりすることを回避できると信じていた。実際、俺は悩まなかった。三千世界のことで悩んだりしなかった。鬱病などと聞くたびに俺は自分がそんな状態と無縁であることを鼻にかけていた。人間の悩みのほとんどは、対人関係にあるとそれらしいことを言ったのが誰だったか、忘れたが、いつでも別の巣に飛び移れる身軽ささえあれば、対人関係での悩みなどあるはずがない。もちろん、知人を容易に裏切ってしまえというのではなく、いつでも自分が別の世界にも所属できるのであることを、忘れぬほうが身のためだと思うのである。それを忘れたが為に、悲惨な思いをし続けている人が多いのではないだろうか。

確定死刑囚がこんなことを言うのはおかしいけれど、生活の苦しみ、人生の辛さ、生きることの虚しさは、娑婆で何度となく味わい考えさせられてきた。ここに来てから知ったことだが憲法には最低限の文化生活も人権で保障されているそうだ。生活保護の概念はそこから来ているのだろう。最低限の文化生活とは何だ。誰が、それを決めるんだ。麺を食うのに手づかみならそれは非文化生活といわれても仕方あるまい。スプーンもお箸も買えない身分の者がもし、この日本に居るとすれば、それはもはや人間ですら無いということになる。そんな馬鹿なことがあってたまるか。文化を押し付けやがって。何が文化だ。手づかみで大いに結構、どんどん手で掬って食べれば良い。政府が決めた最低ラインの水準など、気にしないほうが良い。結局、対人関係の悩みのほとんどは虚栄に由来していると指摘したものはこれまであったか知らぬが、俺はそう思っている。ある人とうまくいかない、それは必ず虚栄に類する嫉妬や憎悪が引き金になっている。本当に純粋に損得勘定抜きで友情を結べるのは、囚人のような立場の者どうしか、子供か、いずれにせよ、従属状態にある者どうしの絆以外にないと俺は思っている。そしてその虚栄は政府が線引きした最低の文化生活の価値観を拠り所としている。要するに、保障された文化生活などは下の下の位で、少なくとも自分は中の下もしくは中の中程度にはリッチでありたいという後天的な本能が人間を誤らせているのだということだ。勿論、すべてがすべて一律にそうだとは断言しないけれど……。俺が事件を起こしたのも、そういうのが原因だった。あの時、俺に、別の蜘蛛の巣に飛び移れる身軽さが残っていれば……》

犯行の動機についての随筆

《なぜそんな真似をしでかしたと世人は俺を責める。世人は俺をとんだ愚か者だと見下しているだろうし、呆れている人も在るだろう。俺が己の名誉と尊厳の為にあの復讐を実行したのだと言っても、死刑囚にまで零落れて何が名誉なものかと思うかも知れない。だがそう成ることは知っていた。俺だって最早あんな真似をした以上、人間扱いしてくれと求める積もりはない。ゴキブリで俺は構わない。忌み嫌われ、畏れられ、悪魔のようにさえ扱われ、毒蛇を見る目で見られても、俺を嗤う奴がこの世に居なくなれば、それで十分満足だ。分かるか。それが尊厳という奴だ。俺はその尊厳の為に、名誉は自ら破棄し、地獄に赴く決意をした。その旅路に、島田一族を道連れにしてやった。繰り返すが、この世に俺を嗤う奴は居ない。俺はそれで十分、満足している。放火殺人の死刑囚を、怖れることはあっても、決して嗤うことはできぬだろう、人間ならば。それが俺の、真の動機である》

中村死刑囚の手記は読解不明の箇所も多々あった。また話が逸れて蕪雑《ぶざつ》な文章となっている部分も多くあったが、基本的には本文では直さず、そのまま掲載することにした。

中村死刑囚は、我々の誰もと同じように、人生の障害を乗り越えてきた人物だ。手記のなかで彼が語る道徳観には、首を傾げざるを得ない部分が多くある。しかし、彼の歩んできた人生経路を辿れば、そこには何ら歪んだ反社会的傾向は見られない。彼の経歴詐称についての告白は、許されるべきことではないが、それはむしろ社会に融け込もうとしてとった必死の行動であったことを、思い出してほしい。彼はこの社会の一員として生きようとして、奮闘努力した人なのだった。成人後、刑事事件で逮捕されたことも一度もなかった。

そんな彼がなぜ、過激な暴力行為によって、葛藤に解決を求めたのだろうか。彼の人生のどの時点で、どのような力が働けば、彼の犯行を未然に防ぐことができたのだろうか。

中村死刑囚自身、執筆のなかで答えを探り続けていた節がある。

また、中村死刑囚は執行の四ヵ月前、ある女性から手紙を受け取っている。以来、その女性との手紙のやりとりは続いていたようである。最後まで手記を書く手を止めなかったのは、私よりも彼女からの激励の言葉があったためではないかと、私は思っている。ここで、手紙を受け取った直後の、彼から私宛の手紙の一節を抜粋することにするが、女性の氏名については伏せておくのが妥当だと思われるため一部削除した。

《彼女から手紙が届きました。外国人の夫をもち、いまは最愛の息子にも恵まれているそうです。何でもない日常が、どれほど幸福に満ちたものであるかということを、彼女は手紙のなかで語ってくれました。今になって私は、人生でいちばん大事なことは何かを知ったような気がします。私がとった捨て身の行動……あれだけの力があれば、私は彼女と彼女の夫とその子供のため、彼女の愛する人々のため、彼女の幸せな日常のため、どれだけのことができたと思いますか？　そして何でもない日常が、彼女にとっての幸福であるなら、私は自分の激情を抑えることに、あの膨大な量のエネルギーを費やすべきだった。今になって気がつきました。私の報道を知って、どれだけ彼女が動揺したことか、手紙を読み返すたびに後悔してしまいます。黙っていてくれればよいものを、わざわざ手紙を寄越してくれましたよ。女性というのはいつでも、男を後悔させる生き物ですね。大切なことに気がつかされたときには、もう遅いのですか。青木君、君にも最愛の人がいましたね。どうか幸せになってください。幸せが通り過ぎてしまう前に、何でもない日常を慈しんでください。さようなら。お元気で》

手紙の文面を掲載することに関して彼は好意的でなかったが、私はどうしても掲載しておく必要があると判断した。その理由を説明すれば、きっと彼も納得してくれるものと思う。

彼にとって手記の執筆を途中で断念しなくてはならないのは、相当無念であったのだろう。彼は教誨師に、最後の瞬間までの口述筆記を依頼している。

執行の際、中村死刑囚は独居房から絞首刑台へと向かいながら、手記の結びとなる一章を口述した。ここにその全文を掲載し、私は筆を置くことにする。

扉が開いた。とうとう呼び出された。怖い気はしたが、何だか最後の劇的な場面のようで、少し興奮もする。今、廊下を歩いている。他の房の奴らに最後の挨拶をして、歩いている。彼らも早晩俺と同じ運命を辿るのだろう。しかし運命とは分からないものだ。天変地異もあるかも知れない。死刑廃止となるかも知れない。このまま彼らの命が吊るされてしまわないよう、俺は祈るばかりだ。

俺の知る限り、彼らはもうここで十分死の苦しみを味わった。こうして廊下を歩く俺や看守や教誨師さんの足音、その音が彼らにとっては絞首以上の刑罰なのである。死んで償えというが、俺はそれは少し、合理的でないと思う。死刑囚とて人間ならば、最後の命で人類に役立つ何かしらの行動ができるのではないか。火事場の馬鹿力というのがある。難問を解明すれば命が救われると聞けば、どんな自堕落な死刑囚だって、学問に目覚めないとも限らない。そういう機会を与えてやっても良いのではないだろうか。本当に自らの罪を悔やんでいれば、首を縛られるだけで償いになるとは、思えないのではないだろうか。無論、どんなことをしたところで死刑囚の罪が帳消しになるとは、俺も考えてはいない。最後の命で、何かできるのではないかと、合理的に考えるだけだ。

勿体ない。そう思うのである。

ここに一枚の素晴らしい絵画なり設計図なりがあったとして、それを誰が描いたのか、そんなことに一体どれほどの意味があるというのだろう。署名などなくても、素晴らしい絵画は人の感性に訴えるものだ。数学の方程式にも署名など要らない。それを誰が思いついたのか、実際に手をつけたのは誰かという、それらの要素はすべてその物の価値としては二次的であるはずなのに、死刑囚が触れたというだけで蔑ろにするのは勿体ないよ。字義通りの死に物狂いで何かに挑戦できる、人類にとってはある意味で貴重な資源を、執行人の良心を咎めてまで吊るし首にすることに意義があるとは、俺にはとても思えない。が、無論、被害者の気持ちになってみれば、吊るし首には意味がある。復讐という大切な意味が、縄には込められているのである。

どうせ吊るし首にするなら、牛の乳を搾るように、その命から搾れるものはすべて搾りとってやれ、俺が主張しているのはそういうことだ。

聖書にも仏典にも署名はないが、それらの書物にかつて死刑囚が一切関与していないとは誰が言い切れるものか。写本、編纂、輸送、保存、これらの過程のどこかに一人ぐらい、死刑囚あるいは死刑に相応しい罪悪を重ねた者が、あったかも知れない。そんな事を気にする者はいない。

なぜ死刑囚の社会貢献をもっと試してみようとしないのだろう。

…………。

俺はいま観音像の前に立った。遺書を書くよりも口述するほうが楽で良いね。詩だけひとつ、書いておいた。

最後の一服にと、用意されていたタバコの銘柄が違った。俺が希望したのはショートホープ・ライトの筈ですが……。

用意されていたのはスーパーライトだった。俺がそれを取ろうとすると、看守のひとりが、自分のロッカーにあると言って大急ぎで取りに行ってくれた。

俺はいま彼の帰りを待っている。こうして口述しているのを、刑務官の方たちが見守ってくれている。口述しながら彼らの目を見ると、目を伏せたものがあった。ハハハ、これじゃあ、どちらが罪人か、分からないね。

俺は手記の中で、法律も警察も政府もクソ食らえだと書いた。けれども今、仕事とはいえ、この俺を殺さなければならない刑務官の方たちには心から敬服する。殺す以上、俺のことを人間だとは決して思わないほうが身のためだ。それなのに、煙草一本をわざわざ取りに走ってくれた。彼の親切に心から感謝する。早く戻れと思う気持ちと、すべって転んで一秒でも遅れてしまえと思う気持ちが綯《な》い交ぜになっている。ただ、そんな風にして、俺を人間扱いしたが為に、かえって罪を感じるのではないかと、それだけが気がかりです。帰ってきた……ありがとうございます。

彼は煙草に火を点けてくれた。その手が微かに震えているのが、彼の優しさを物語っているようだ。俺は今、一滴の涙をこぼした。

ここで感謝の言葉など口にしては、自分が人間であることを、わざわざ強調するだけだ。

そこで俺は今から、最後の言葉を吐きます。皆様、よく聞いてくださいよ。
クソ野郎、お前らのような役人どもに、吊るされ、このまま、ただ黙って地獄に堕ちると見くびるなよ。島田よ、佐倉よ、地獄で待っておれよ、俺はもう一度、ぶち殺しに行くぞ。そしていつか必ず、再びこの地上に生まれて、同じく輪廻した島田と佐倉を見つけ出して殺してやるのだ。その時は、その場で、自らも始末することだけは約束する。いつかまたそんな事件を目にする時が来るだろうよ……。さぁ、俺の慟哭を見て嗤え！

《中村正志　絶筆

この永遠の旅路を
人はただ歩み去るばかり
地平線の向こうに何があるか
知ったが最後、旅は終わる

涼しい風にあたり
くちなしの花の
香りをもういちど

かげる日はあるのだろうか

永遠の謎が
あの地平線の向こう
遠くまでつづく一本の道の
果てにある

にわか雨が止み、燃える陽が
その道を照らすとき
愛を悟る者は皆
けっして旅を急がず
すきな色の花を慈しむため
そこで立ち止まることを学ぶだろう》

完

謝辞
本作品を執筆するに当たり、幾人かの方々からご助言を賜りました。
ご協力いただき、まことにありがとうございました。

参考文献
本作品は、永山則夫著『無知の涙』に多くの着想を得ております。
その他、ここでの記載は割愛させていただきますが、日本の拘置所や刑場、死刑囚の生活については、図書資料やインターネットの情報などを参考にさせていただいております。

本書は第十四回小説現代長編新人賞奨励賞受賞作に加筆・修正したものです。

初出
「小説現代」二〇二〇年六・七月合併号

中 真大（なか・まさひろ）

1991年三重県上野市（現・伊賀市）生まれ。YMCA学院高等学校卒業後、色々な職を転々とする。本作で第14回小説現代長編新人賞奨励賞を受賞した。

無《む》駄《だ》花《ばな》

二〇二〇年九月十四日　第一刷発行

著者　中《なか》 真大《まさひろ》

発行者　渡瀬昌彦

発行所　株式会社講談社

〒一一二-八〇〇一
東京都文京区音羽二-一二-二一
電話　出版　〇三-五三九五-三五〇五
　　　販売　〇三-五三九五-五八一七
　　　業務　〇三-五三九五-三六一五

本文データ制作　講談社デジタル製作

印刷所　豊国印刷株式会社

製本所　株式会社若林製本工場

定価はカバーに表示してあります。

ISBN978-4-06-520330-9 N.D.C.913 254p 20cm